赤い彗星

機動戦士ガンダムＵＣ《ユニコーン》③

福井晴敏

角川文庫
16194

目次

Sect.2 赤い彗星

カバーデザイン／樋口真嗣
本文デザイン／中森桃子
（角川書店　装丁室）
キャラクターデザイン／安彦良和
メカニックデザイン／カトキハジメ

Sect.2　赤い彗星

1

(……概算ですが、被害想定をまとめさせました。就業中に死傷した者には労災保険が適用されますが、それ以外の者に関しては判断が難しいところです)

ディスプレイに映る顔は、五十を過ぎた女のものとは思えなかった。セミロングのブロンドは色艶《いろつや》がよく、多少エラの張った頬もまだ肌の張りを失っていない。ビジネス向きに落ち着いた色を選んでいるものの、ルージュを引いた唇はどこか扇情的でさえある。

そのくせ、若々しいという表現は当たらない。現役の〝女〟ではあっても、男が認識する――あるいはそうあって欲しいと願うところの〝女〟でもない。目のせいだ。上流の令夫人といった見てくれとは裏腹に、冷たい磁力を放つ底深い目。満ち足りるということを知らない、吸い取るだけで与えようとしない貪欲《どんよく》な目が、女の顔に魔的な張りを漲《みなぎ》らせている。

(マスコミ対策の意味も含めて、こちらからなんらかの補償をした方がよいでしょう。夫もその方向で動いてくれているはずです)

そう言うと、マーサ・ビスト・カーバインは相手の反応を待つように口を閉じた。別のディスプレイに〈保険総額〉〈医療費〉〈遺族補償〉などの項目が映し出され、各々の想定金額がスクロールする。コロニーの復旧にかかる費用ともども、旧世紀の小国家予算に匹敵しようという額だったが、マーサは軽い交通事故に遭ったという程度の顔で泰然としている。空中に投影された複数のディスプレイの下、「手回しのよいことだ」と応じたサイアム・ビストにしても、落ち着きぶりは同様だった。

ベッドに横たえた体を微動だにせず、表情のない横顔にディスプレイの反射光を浴びている。宇宙世紀の始原から世界を見つめ、幾多の暗闘をくぐり抜けてきたビスト財団の宗《そう》主《しゅ》は、床に伏しても眼光の鋭さに変わりはなかった。滲《にじ》み出る存在の重みにも衰えはなく、「面倒は見る、だから口を閉じていろ、か」と続けた声音は、刺さるように冷たかった。

〈アナハイム・エレクトロニクスが運営する工業コロニーで起こった事件です。いかように対策をしても、株価の下落は免れませんでしょう？　財団の台所に火が廻《まわ》らないようにするのが、私の役目と心得ておりますから〉

宗主の皮肉を嗤《わら》い、微《かす》かに細くなったマーサの目に詰問の色が宿る。その隣に開いたディスプレイには、〈インダストリアル7で大規模なテロ事件〉のテロップが映し出され、他にも〈ネオ・ジオンのゲリラか〉〈死者・行方不明者六百人以上〉〈連邦宇宙軍・各サイド駐留部隊に非常警戒命令〉といった文字が現れては消える。どれもアナウンサーのバストショットや、〈インダストリアル7〉開設時の参考映像を流すばかりで、現地の様子を捉《とら》えた映像はない。地元住民が投稿した撮影画像――連邦軍機がコロニー内でビームライフルを撃ち放ち、住宅街に墜落する――は、三十分ほど前からテレビでもネットでも見かけなくなっていた。サイアムは端《はな》からなにも見えていないような顔でそれらを受け流し、「カーディアスのやっておったことだ。わたしはなにも知らん」と静かに言った。

（先回りをなさる……）ふっと息をつき、マーサは口もとに苦笑の皺《しわ》を刻んだ。（ご健勝のようでなによりです、お祖父《じい》さま。近々、直《じか》にお目にかかりたいものですわね）

「子に続いて、孫にまで先立たれた哀れな老人など見舞わずともよい。世に関わる者には、他にやるべきことがあろう」

（おっしゃらないでください。血を分けた兄妹《きょうだい》ですもの、私にだって思うことはあります。ですが、カーバイン家に嫁いだ身としては悲しんでばかりもいられません。ビスト財団の勝手な行為で、アナハイムにまで累が及んだとあっては、夫や義父《ちち》に顔向けできませんでしょう？　兄に代わって、財団当主代行の任を仰せつかったからには、なおのこと……）

事もなげに言い、マーサは嫣然《えんぜん》と微笑んだ。単に順番ということではなく、一族の合意はあらかた取りつけている顔。アナハイム・エレクトロニクスの会長一族、カーバイン家の嫁というスタンスを維持しながら、夫をしのぐ辣腕《らつわん》で実務にも口を出し、パイプ役という以上の存在感で財団とアナハイムを繋《つな》ぎ留めている。ビスト家が生んだ希代の女傑にして、鬼子でもある女の艶《あで》やかな笑みだった。事件への関与を否定も肯定もしない孫娘の厚顔を前に、サイアムの瞼《まぶた》がわずかに震える。

（宗主の氷室《ひむろ》を知り、『箱』のなんたるかを知るのは、ビスト財団当主たる者の権利にして義務。私が会いに行くまで、お眠りにならないでくださいましね。宗主）

その言葉を最後に、通信は終わった。中空に投射されていた複数のディスプレイが消え、ベッドの他にはなにもない空間に闇と静寂が戻ってくる。ほどなくドーム構造の壁面に配置されたパネルが光量を増し、宇宙《そら》の実景がゆっくり浮かび上がると、清冽《せいれつ》な星の光がサイアムのベッドを取り囲むようになった。

床にも銀色の粉をまき散らしたような星々が映え、継ぎ目なく広がる宇宙の映像が財団宗主の氷室を満たす。地球も月も見えない漆黒に身を浸し、ぽつんと漂流するベッドを視野に捉えたガエル・チャンは、ひとつ息を吐いてからそちらに一歩を踏み出した。冷凍睡眠装置でもあるベッドに横たわったまま、サイアムは「笑っていい」と呟《つぶや》き、およそ色艶のない横顔に自嘲《じちょう》めいた皺を刻んだ。

「これがビスト家の家族の肖像というやつだ」

「笑えません。わたしは、ご当主をお守りする仕事を果たせませんでした」

サイアムの目が動き、三メートルほどの距離を空けて立つガエルを直視する。〈インダストリアル7〉で偶発的な戦闘が起こり、カーディアス・ビストの死が告げられてからすでに半日。人の一生には永すぎる時を渡り、多くの身内の死に立ち会ってきたビスト財団宗主の目に、悲哀の色は見つけられなかった。もっとも信頼できる後継者を失い、自らが興した財団がそれ自体の意思で動き出すさまを目の当《ま》たりにして、もはや吐くべき嘆息もないというのがサイアムの心境かもしれない。同じ身内がその謀議に関わり、新たな後継者に成り代わりつつあるとわかっていれば、特に――。

自分には、まだそこまでの諦念《ていねん》は持てないとガエルは思う。主人たるカーディアスを守りきれなかったのみならず、《ユニコーン》を破壊せよという最後の命令も果たせなかった。連邦の特殊部隊に行く手を阻まれるのはわかりきっていたことだし、格納デッキが炎上、進路が塞《ふさ》がれたことも言い訳にはならない。現にカーディアスは、重傷の身を押して《ユニコーン》のもとにたどり着いた。そして死んだ――コクピットを離れた途端に炎に巻かれ、殺到する破片に全身を引き裂かれて。デッキの監視カメラには、その光景がはっきり映し出されていた。

すべては己の迂闊《うかつ》さが招いた事態だ。包帯に巻かれた禿頭《とくとう》をうつむけ、ガエルは火傷《やけど》を負った拳《こぶし》に力を込めた。後悔しても始まらない、時の運が招いたことだとカーディアスは笑うだろう。そのように言ってくれる主、芯《しん》から理解しあえる無二の雇用主を、自分は失ってしまった。軍隊でも地下社会でも見つけられなかった、命を預けるに足りる男を。

「カーディアスのことだ。死後も秘密が守られるよう、万全を尽くしていたとは思うが……。マーサも、あれはあれで手強《てごわ》い。面子《メンツ》にこだわる男と違って、策をめぐらすのにも衒《てら》いというものがない。この短時間で代行就任の了解を取りつけたからには、この場所を嗅《か》ぎつけるのも時間の問題と見た方がいいな」

「わたしは男です。面子にこだわりますし、そのためには愚直にもなります」

その瞬間には宗主を面前にしている緊張も忘れ、ガエルは顔を上げた。

「ご宗主のお許しがいただけるのなら、一命に代えてカーディアス様の仇討《あだう》ちを果たしたいという思いはあります」

アナハイム・エレクトロニクスの膝元《ひざもと》、月面都市〈フォン・ブラウン〉にマーサ・カーバインはいる。財団が純粋に一族の営利を束ねるだけの機関であったら、中興の祖としてビスト家の権勢を押し拡げていただろう傑物。政界に進出しても成功を収めていたに違いない彼女が、『ラプラスの箱』をめぐるサイアムとカーディアスの思惑を嗅ぎつけ、連邦軍に〈インダストリアル7〉を襲わせた。戦闘が激化したのはなりゆきにしても、カーディアスの死を招いた原因はマーサにある。地下社会で馴染《なじ》んだ言葉遣いをするなら、けじめを取れる相手は彼女を置いて他にない。

それとわからぬほどに首を動かし、半ば枕に埋まったサイアムの顔がこちらを見る。ガエルは瞬きもせずにその目を見返したが、

「わたしに、今度は孫殺しを命じろと言うのか？」

怒気を孕《はら》んだ低い声音に、全身の熱が瞬時に冷めた。己の物言いを省みる余裕もなく、

圧倒された体を硬直させたガエルは、「……申しわけありません」と頭《こうべ》を垂れた。

「いい。カーディアスはよい部下を持った。そのカーディアスが為《な》したことなら、すべてはよき方に向かうと信じよう。『ラプラスの箱』の行く末も、地球圏の未来も」

ブランケットの上で両の手のひらを組み合わせ、サイアムは目を閉じた。もはやかけられる言葉もなく、「は……」と一礼したガエルは、実務に徹した顔を宗主に向け直した。

「その『箱』ですが、《ユニコーン》を動かした者の素姓がわかりました」

床に手をかざし、ガエルは音もなくせり上がってきたタッチパネルに触れた。ベッド上の空間に再びディスプレイが投射され、ひとりの少年の顔写真が表示される。

「バナージ・リンクス、十六歳。アナハイム工専の学生です。戸籍登録はサイド1の3バンチ〈エデン〉。賞罰なし、過去に政治活動に関わった記録もなし。なぜ〈メガラニカ〉に入り込んだのかは不明ですが、彼は戦闘が起こる数時間前にもご当主と顔を合わせています。それがまた不可解な経緯なのですが……」

〝彼女〟との予期せぬ接触も含めて、ガエルは昨日の経緯をかいつまんで説明した。一度は〈インダストリアル7〉に帰ったはずの彼が、どのような経緯で再び〈メガラニカ〉に足を踏み入れ、《ユニコーン》に乗り込んだのかはわからない。が、〈メガラニカ〉のコマンド・モジュールに伝送された登録パイロットのデータは、〈インダストリアル7〉のデータバンクにあったバナージ・リンクスの記録と完全に合致した。彼が《ユニコーン》を動かし、『袖付き《そでつ》』のモビルスーツを撃退した事実は疑いようがない。よりにもよって、連邦軍の艦に回収されたことも含めて——。

「《ユニコーン》のパイロット登録は、ご当主の生体承認がなければ実行できません。つまり、カーディアス様がこの少年をパイロットに選び、直後に亡くなられたとしか考えられないのです。いったいなにがあったのか……」

その性質上、《ユニコーン》のパイロット登録は容易には解除できない。システムを破壊するチャンスがあったにもかかわらず、カーディアスがバナージ・リンクスという第三者に《ユニコーン》を委《ゆだ》ねたのには必ず理由がある。若いという以上に幼い顔をディスプレイ上に眺め、顎《あご》をさすったガエルは、不意に発した忍び笑いに虚をつかれた。

サイアムだった。虚空に投影された少年の顔を見つめ、皺だらけの顔が笑っている。眉《まゆ》をひそめると、「そうか。君は知らんのだな」と呟いたサイアムの目がこちらに向けられ、ガエルは思わず生唾《なまつば》を飲み下した。

「わからんか？　彼は新しい希望だよ。カーディアスは、もっとも相応《ふさわ》しい乗り手に《ユニコーン》を託した……」

ディスプレイの中の少年に視線を戻し、サイアムは眩《まぶ》しそうに目を細めた。好々爺《こうこうや》といった表情が財団宗主の顔に広がり、ガエルは呆気《あっけ》に取られた目をしばたたいた。

※

ノート・タイプのパソコンのディスプレイに、デザインされた英字が表示される。UとCを組み合わせた簡素なロゴタイプだ。

「UC計画。連邦宇宙軍再編計画の枠内で、社内でも極秘裏に進められてきた計画のコード名です。RX－0《ユニコーン》は、同計画のフラッグシップ機として開発が進行していました」

薄暗い部屋の中、デスクライトの光に憔悴《しょうすい》した顔を浮かび上がらせた男が言う。アーロン・テルジェフ、三十二歳。アナハイム・エレクトロニクス勤務、装甲材質部門の担当としてRX－0開発計画に参加。戦闘が始まった直後、他のスタッフらとともに〈メガラニカ〉からの脱出を図るも、逃げ遅れてエコーズに身柄を拘束された。計画資料の大半が破棄された現在、RX－0についてもっとも詳しい情報を握っていると目される人物のひとり――。

「従来のモビルスーツと違って、全身にサイコフレームを採用しているのが最大の特徴です。開発拠点は〈グラナダ〉のアナハイム工場で、ひと月ほど前に試作一号機と二号機がロールアウトしました。二号機は地球に送られて、いまは重力下仕様のテストを行っているはずです。わたしは一号機の担当で、三週間前に〈インダストリアル7〉への異動を命じられました。発令書は正規のものでしたし、上司には一ヵ月程度の出張で済むと言われて……」

「アーロンさん」

すがるようなアーロンの声を遮り、ダグザ・マックールは無表情に口を挟んだ。「すまないが、我々は技術的な話には疎《うと》い。そのサイコフレームについて、噛《か》み砕いた説明をお願いしたい」

机を挟んだ向こう、「は……」と頷《うなず》いたアーロンが確かめる目を背後に注ぐ。うしろに立つギャリティ大尉が頷くと、アーロンは震える指先で自前のパソコンを操作し始めた。先刻、断りなくキーボードに手をのばして、いきなり腕を捻《ひね》り上げられたのが応《こた》えたのだろう。ギャリティに並び立つコンロイ少佐が肩をすくめ、薄闇に紛れた巨軀《きょく》を身じろぎさせる気配を感じながら、ダグザは心持ち身を乗り出してディスプレイに見入った。ギプスで固定された左腕が机に当たり、乾いた音を立てる。

「サイコフレームは、簡単に言ってしまえばそれ自体にサイコミュの機能を持たせた特殊な合金です。コンピュータ・チップを極限まで小型化して、金属粒子のレベルでフレームに鋳込《いこ》んでいるのです」

表示された画面は、サイコフレームの顕微鏡拡大図であるらしかった。蜂の巣状に並んだ金属粒子の隙間に、目を凝らせば人工物とわかるチップが埋め込まれている。整然としていながら有機的なさまは、物質というより生物の細胞に近い。

「ご承知の通り、サイコミュはパイロットの脳波……感応波とも言いますが、これを受信・増幅して、機器の操作に反映させるシステムです。親機となるサイコミュと連動することで、サイコフレームはより確実にパイロットの感応波をすくい取り、マシーンとの間に高度なインターフェイスを実現します。強度や生産性の問題から、これまではコクピット周辺にしか実装できませんでしたが、RX－0は駆動内骨格《ムーバブルフレーム》のすべてにサイコフレームを採用しています」

続いてRX－0のCGが映し出され、その骨組みとなるムーバブルフレームが赤く点滅する。簡単な模式図であるため、細部の構造までは窺《うかが》えない。開発スタッフといえども、個人の端末にダウンロードできたのはこのレベルまでということだろう。ダグザは無言で先を促した。

「フル・サイコフレームの実装によって、パイロットの感応波はダイレクトに駆動系に送り込まれます。つまり、パイロットは旧来の意味における〝操縦〟をする必要がない。ほぼ思考のみで機体のコントロールができるのです。無論、各関節はマグネットコーティングされていますから、RX－0の反応速度は理論的には天井知らずです。まさに自分の肉体と同化するマシーン……いや、それ以上ですね。どんなに反射神経の優れたパイロットでも、危機感知から対処のアクションに移るまでには、0コンマのタイムラグが発生する。RX－0のインターフェイスは、人体のそれをはるかに凌駕《りょうが》していますから」

「だが、それではパイロットの体がもたないな？」

パイロットの脳波、すなわち意思に反応する金属で造られた二十メートルの巨人――それが人体を超える反射速度で動いた結果は、考えるまでもない。モビルスーツ大のスケールでは、軽く体を揺らしただけでも数メートルの振幅が生じる。いくら機体が頑丈にできていても、中のパイロットはあっという間にぺちゃんこだ。「ええ」とアーロンは事もなげに同意した。

「機動によって生じる莫大《ばくだい》な荷重《G》を軽減するために、RX－0には専用の衝撃緩和装置《ショックアブソーバー》と、パイロットスーツが用意されています。しかしこれらを使用したとしても、普通の人間は長時間は耐えられません。サイコミュが脳に与える負荷も考慮すれば、限界稼働時間は五分とも言われています。ですから、通常駆動の際はリミッターがかけられていて、戦闘時にのみNT－Dが発動するシステムが搭載されていました」

額の一本角がV字に展開し、肩や胸、足の装甲がスライドする。隠されていたサイコフレームが露《あらわ》になり、殺人的な機動力を保証するスラスターやバーニア類が剝《む》き出しになる。これがRX－0の本当の姿――であるなら、《ユニコーン》という名前通りのあの姿は、リミッターに拘束された不自由な形態ということになる。みるみる形を変えてゆくRX－

0のCGを見、少し肌が粟立《あわだ》つ気分を味わったダグザは、「NT-Dとは？」と低い声で問うた。

「フル・サイコフレームのオペレーティングを行うOSの名前です。わたしは外装の担当でしたので、詳細は知りませんが、ニュータイプ・ドライブの略だと聞いています」

想像外の言葉が耳の奥で弾け、胸の底に波紋を押し拡げた。コンロイと含んだ目を見交わしたダグザは、「なるほど」と抑揚のない声をアーロンに向けた。

「〈メガラニカ〉に移送されてから、そのOSに手が加えられた。当初の仕様書にはなかったシステムだが、これについては？」

机の上にB5大の写真を広げると、アーロンの目に明らかな動揺が走った。回収されたRX-0のコクピット内、ディスプレイ・ボードを接写した写真には、〈La+〉と読めるロゴが赤く浮かび上がっている。「わたしは外装の担当ですから、システムの方は……」と答えたアーロンの視線を逃さず、ダグザは一気にたたみかけた。

「アーロンさん、よく考えて喋《しゃべ》った方がいい。民間に委託していたとはいえ、軍用モビルスーツの開発は連邦軍技術研究本部の所管事項だ。我々の報告次第によっては、あなたには軍資産略取の嫌疑がかけられるぞ？」

「そんな……！　わたしはただ――」

「〈インダストリアル7〉はアナハイムの工業コロニーだが、〈メガラニカ〉は違う。実質、ビスト財団の所有下にある治外法権の場だ。そんな場所でRX－0の最終調整が行われ、仕様書にはないプログラムがインストールされた。知らなかった、という方便が聞ける状況ではないと思うが？」

「本当に知らないんです！　NT－Dと連動する新しいプログラムがインストールされたことは、改訂版の仕様書を見て知りました。ビスト財団から供与されたものらしいという話も聞きましたが、それ以上のことはなにも知らない。NT－Dの発動条件さえ、我々ハードの担当者には機密事項だったんですから」

「発動条件？」

「リミッターの解除は、パイロットの任意ではできないのです。ある一定の条件を満たさない限り、NT－Dは発動しない。〈メガラニカ〉でインストールされたプログラム……ラプラス・プログラムは、そのNT－Dに新しい条件付けをするプログラムだと聞かされました。機体管制に影響を及ぼすものでないなら、わたしらハード屋には関係のない話です」

「しかし、発動状態のテストには立ち会ったはずだ」

「試験中はダミーのプログラムが走らされていて、終了後にラプラス・プログラムがインストールされたんです！」

両手で机を叩《たた》くと、アーロンは頭を抱えて机上に突っ伏した。すぐに引き起こそうとしたギャリティを目で制し、ダグザは小刻みに震えるその肩を注視した。

「そりゃ、おかしいとは思ってましたよ。兵器開発にしたって秘密事項が多すぎる。〈メガラニカ〉に移動してからこっち、外部との連絡は禁止されて、四六時ちゅう財団の監視下に置かれて……。なにより、軍関係者がひとりもいなかったんですから。でもね、ネオ・ジオン戦争が終わって以来、モビルスーツの開発はマイナーチェンジが主流で、新しいことを試す機会なんてなかった。それができるとわかったら、多少の不審には目をつぶるのが技術者ですよ。まして機体は、あの《ガンダム》なんだ」

「《ガンダム》？」

アーロンは暗い目を上げ、「あだ名ですよ」と投げやりな笑みを浮かべた。

「NT-D発動時の形態……狙ったとしか思えないじゃないですか。だから関係者は、陰ではみんなそう呼んでたんです。《ユニコーンガンダム》と」

「で、どうします。クスリを使ってみますか？」

五分後。監視カメラが捉《とら》えるアーロンの顔をモニターごしに眺め、コンロイが言っていた。海軍伝来の塩をきかせたコーヒーを啜《すす》りつつ、「どう思う？」とダグザは聞き返してみる。

「無駄骨かと。あれ以上のことはなにも知らんでしょう。それぞれのパートごとに伝える情報を分けて、全体像は誰にもわからないようにする。ビスト財団の機密保持は大したものです」

異論はなかった。ひとり尋問室に取り残されたアーロンは、故意に置き去られたパソコンに触れようともせず、青ざめた顔を悄然《しょうぜん》とうつむけている。演技と疑えないこともないが、その証言内容は他の開発スタッフとあらかた一致しているし、こちらはプロの聴取官でもない。確信もないのに自白剤を使い、数少ない生存者を廃人にしたくないという気分は、ダグザも同じだった。

いずれ、本格的な聴取は本部に連行してからのことになる。ダグザはコーヒーのマグカップを置き、モニターの端に表示された〈11:17:32/04/08/0096〉の数列を確かめた。四月八日、午前十一時十七分。戦闘が終息してからほぼ半日、《ネェル・アーガマ》が〈インダストリアル7〉を離れてからは六時間が経つ。艦内の捕虜収監用施設を借りきり、〈メガラニカ〉で拘束した四人の開発スタッフの聴取を行えたのはいいが、それで判明したのは『群盲、象をなでる』の秘密保持が徹底されていた事実のみ。UC計画とやらに携わったスタッフたちから証言を取り、『ラプラスの箱』との関連を探る数時間を過ごして、群盲のひとりになったような徒労感がダグザたちエコーズの面々にのしかかっていた。

「UC計画はともかく、宇宙軍の再編計画そのものは一昨年《おととし》の中期防（中期防衛整備計画）で公表されています。各コロニーに分散配置している艦艇を糾合して、往年の主力艦隊たる地球軌道艦隊を再建する。百年の節目にかこつけて、四年後の宇宙世紀《ＵＣ》０１００《オーワンハンドレッド》の達成を目標にしているとか」

レスラーと言っても通用する大柄をモニター室の壁に預け、コンロイが目頭を揉《も》みながら言う。ＲＸ－０の完成をもって終了するというＵＣ計画――それが宇宙軍再編計画の一環として企図されたものであることは、すべてのスタッフが言を同じくしていた。コンソール前の椅子をくるりと回転させ、「自分も聞きましたが、軍事予算が下方修正された中で出てきた計画ですよね？」とギャリティが相手をする。

「別に新造艦を大量に造ろうってわけでなし、ようはありものをかき集めて格好をつけようってだけのケチな計画で。そのために新型のモビルスーツが開発されてたなんて話は、初耳です」

「あり得んことではない。ＵＣ０１００には、ジオン共和国の自治権返還というイベントが控えている。そのタイミングに合わせて軌道艦隊を再編し、強力な新型モビルスーツを並べてみせる……」

半分は謎かけのつもりで、ダグザは言った。「軍のＰＲ活動ということですか？」とギャリティは眉《まゆ》をひそめる。

「というより、連邦政府の意思表明だな。現在、主力部隊を各コロニーに張りつけているのは、ジオン残党の反乱を警戒してのことだ。それを呼び戻すにはどうしたらいいか」

「あ……」コンロイの助け船に、ギャリティは口に持っていきかけたマグカップを寸前で止めた。「それまでに、ジオン残党は根絶してみせるってことか。し

「言うほど簡単なことではない。だが共和国の自治権返還は、ジオンの——」

となり好機だ。０１００を期限とするジオン残党の根絶と、それをもってし去るまた道艦隊の再編。その時こそ、連邦は一年戦争以来の悪夢を拭《ぬぐ》い去ることができ球軌おそらく、その露払いの役を果たすのがＵＣ計画。ネオ・ジオンを根絶やしにすダム》の開発計画だ」

少ない情報で予断するのは危険だが、そう考えれば腑《ふ》に落ちることは多い。軍縮の風吹きすさぶこの時期に、新技術を投入したモビルスーツが開発されていたわけ。パイロットの生命維持を二の次にしてでも、機体の性能が極限まで追求された理由。その外見が、かつてジオンに『白い悪魔』と恐れられた《ガンダム》に似せて造られた事実——。

「カーディアス・ビストは、その機体に連邦を覆すと言われる秘密を隠し、ネオ・ジオンに引き渡そうとしていた……。皮肉だな」

もしそうなら、敵に塩を送るどころの騒ぎではない。苦笑したダグザに、コンロイとギャリティは互いの顔を見合わせた。

「では隊長は、やはりあのモビルスーツが『ラプラスの箱』だと？」

「そのままイコールとするべきかどうかはともかく、状況証拠はそろっている。備品も含

めて、ひとそろい搬出の準備が整っていた機体。〈メガラニカ〉に来てからインストールされたというラプラス・プログラム。ビスト財団がどの段階から開発計画に携わっていたのかは不明だが、一角獣《ユニコーン》は財団のシンボルでもある」

言葉を切った途端、感覚の失せた左腕と脇腹に鈍痛が走り、ダグザはしばし口を閉じた。鎮痛剤が切れてきたらしい。察したのか、なにか言おうとしたコンロイから目を逸《そ》らしたダグザは、「わからんのは、それがニュータイプの使用を前提とした兵器に見える点だ」と早口に押しかぶせた。

「ニュータイプ思想こそジオン主義《ジオニズム》の核心。その根絶は、ジオン残党の駆逐と不可分だ。連邦の威信を懸《か》けた計画の根幹に、ニュータイプ用兵器が据えられるという話は解せない」

「毒をもって毒を……という考え方はありましょうが、ニュータイプ研究所も閉鎖されたと聞きますしね」

「いかに否定しても、ニュータイプの兵器的有用性は無視できなかったということ[illegible]りませんか？　現にこれまでのガンダム・タイプのパイロットたちは……」

「だからだ。ニュータイプの排撃は、ニュータイプ以外のなにかによって[illegible]ならない。人心に根づいた神話を打ち砕くためにもな」

コンロイとギャリティはそろって押し黙り、狭いモニター室につ[illegible]の間の沈黙が降りた。

ダグザは冷めたコーヒーに口をつけ、
「UC計画、ニュータイプ・ドライブ《NT-D》、サイコフレーム……。まだ我々の知らないことがあるのかもしれん。『ラプラスの箱』に関係しているらしいことといい、生臭いな。あの《ガンダム》は」

だいたい、なぜ動き出したのか。コクピットで発見された少年の顔をふと思い出し、名前はなんといったか……と鎮痛剤で鈍った頭をめぐらせたダグザは、部屋の内線電話が鳴る音を聞いた。

このモニター室を始め、捕虜収監に使う施設はすべてエコーズの管理下に置かれ、艦の乗員《クルー》といえども立ち入りは許されていない。「なんだ」と受話器を取り上げたコンロイの顔に渋面が浮かび上がり、アルベルト、とその唇が動くのを見て取ったダグザは、嘆息してドアの方に向かった。緊急時はエアロックにもなるドアの鍵《かぎ》を解除し、鉄製の扉を勢いよく押し開ける。

いきなり開いた鉄扉にぶつかりそうになり、戸口のすぐ前に立っていたアルベルトの体がうしろによろめく。艦内の重力ブロックは月面ほどの重みもないので、体捌《たいさば》きにはそれなりのコツがいる。背広組の取り巻きに支えられ、急いで体勢を立て直そうとしたアナハイム社の〝客人〟は、今度は前につんのめる格好になった。

再び支えに入った部下たちの手を振り払い、通路の床に足を踏んばると、顎《あご》の肉に埋まった襟元を正してこちらを見る。予想通りの敵意溢《あふ》れる視線に、ダグザは「なにか？」と無表情に応じた。

「なにかじゃない。収容したスタッフの尋問に立ち会わせてもらいたいと伝えたはずだ。彼らは我が社の社員なのだから……」

「現在は軍の管理下にある重要参考人です。民間の方を聴取に立ち会わせるわけにはいきません」

「なら、艦に収容した《ユニコーン》の調査はさせてもらう。あれこそ我が社の資産だ。まだ軍に納品はしていないのだから、優先権は我々にある」

「無論、調査に協力はしていただきます。その時はお呼びしますので、いまはお引き取りを」

先刻も交わした会話のくり返しだった。エコーズを出し抜いて、〈メガラニカ〉でいち早く『箱』の情報を漁《あさ》っていたアルベルト。《ユニコーン》が現れた時、常軌を逸した様子で機体の回収を命じた彼が、蚊帳《かや》の外に置かれ続けた数時間を快く思っている道理はない。すかさず反論の口を開こうとして、背後に控える背広の部下たちをちらと見遣《みや》ったアルベルトは、肉厚の頰を不気味に歪《ゆが》めた。笑ったつもりらしい、とダグザが気づくまでに、「どうも状況の認識に食い違いがあるようだな。ダグザ隊長」と、もったいぶった口を開く。

〈インダストリアル7〉での一件、幕僚の首が二つ三つ飛ぶだけでは済まされないぞ。対応を間違えれば、中央内閣が倒れる可能性だってある。被害を最小限に抑えるためにも、互いに折り合えるところは折り合った方がいい。これについては、最高幕僚会議も同じ見解だと思うが？」

　軍人は上官の名前を出せば黙る、と決めつけている男の目と声だった。ダグザはすっと息を吸い込み、「確かに食い違いがあるようです」と静かに応えた。

「わたしの認識では、被害はもう出てしまっている。わたしの部下を含む何十人、何百人かもしれない人間が死んだ。我々がいくら折り合ったところで、彼らは二度と生き返らない」

　抑えたつもりだが、目に殺気が出たのだろう。アルベルトは明らかに気圧《けお》された様子であとずさり、直立不動の部下に背中をぶつけた。一度は逸らした視線をちらりと流しつつ、「……エコーズの隊長ともあろう軍人が、意外に脆《もろ》いのだな」と独り言のように呟《つぶや》く。ダグザは無言を返しておいた。

「まあ、いい。現場間調整が難しいなら、トップダウンで行くまでのことだ。この件はさっそく報告して、本社経由で〈ルナツー〉のエコーズ本部に打診してもらう」

「お好きに。暗礁宙域に身を潜めている状況下で、レーザー通信が行えればの話ですが」

　ぴくりと眉を震わせたアルベルトの顔を真正面に捉《とら》え、ダグザは事務的に続けた。「現在、《ネェル・アーガマ》は旧サイド5の残骸《ざんがい》に身を寄せています。ルウム戦役の跡地とはいえ、戦艦一隻が隠れられる残骸はそう多くない。敵に長距離通信を傍受されれば、次の隠れ場所を探すのは困難です」

艦載戦力の大半を喪失した状況下、敵がうろついているかもしれない宙域を単艦で横断する無謀は冒せない。援軍の到着までコロニーの残骸にへばりつき、通信を封鎖していなければならない《ネェル・アーガマ》の現状は、ダグザには端《はな》から計算のうちだった。そうでなければ、アナハイムの役員を相手にここまで直截《ちょくさい》な口はきかない。

こちらの思惑に気づいたのか、手も足も出ないといった顔を上気させ、ダグザを睨《にら》むだけ睨みつけたアルベルトは、「オットー艦長に話す」と言って踵《きびす》を返した。

「彼は物分かりのいい軍人だ」

捨てゼリフを残し、剣呑《けんのん》な視線を寄越《よこ》す部下らとともに通路を歩き出す。ドラム構造の重力ブロックは、通路も内壁の弧に沿って緩やかなスロープを描いているため、三十メートルも離れれば相手の姿は天井の陰に入って見えなくなる。無駄にでかいアルベルトの尻《しり》が消えるのを待って、ダグザは小さく息をついた。途端に這《は》い上がってきた脇腹の痛みを深呼吸でごまかしつつ、戸口から様子を窺《うかが》っているコンロイに視線を流す。「例の少年は、まだ意識を取り戻さんのか」と質《ただ》すと、コンロイは「は」と太い眉《まゆ》を八の字にした。

「思ったより衰弱がひどいようで」

「あれだけの加速に振り回されたんだ。無理もないが……。目を覚ましたら一報するよう念押ししておけ。《ユニコーン》の調査を急ぐ」

「は。できれば〈ルナツー〉に回航して、外野の横槍《よこやり》が入らないところで調べたいもんですがね」

コロニー建設に必要な資源を得るため、小惑星帯《アステロイド・ベルト》から牽引《けんいん》されてきた小惑星ユノーこと〈ルナツー〉。五十年前に月軌道に定着して以来、連邦軍最大の宇宙基地として機能し続けているそこには、エコーズの根拠地たる特殊作戦群司令本部が存在する。RX－0を調査するのにそれ以上の適地はないが、問題は、〈ルナツー〉はここから地球を挟んで反対側に位置するという位置関係だった。「難しいな」とダグザはため息混じりに言った。

「ロンド・ベルの増援も出足が鈍い。近隣の駐留艦隊も動く気配がないとなれば、《ネェル・アーガマ》は最寄りの月に向かう公算が高い。アナハイムの総本山に運ばれたら、我々が《ユニコーン》を調べるチャンスはなくなる」

月にも軍司令部は存在するが、エコーズ本部ほどの機密性は期待できない。ましてアナハイム社に訴訟でも起こされれば、仮処分の下りたRX－0は司法の管理下に置かれ、即日基地から運び出されるのは必至だ。そうなったら最後、アナハイムが擁《よう》する地球圏最高の弁護士集団が法廷闘争を引き延ばし、その間に裏からのびた手がRX－0を調べ尽くすことになる。決着した頃には『箱』のデータはきれいに抜き取られ、戻された機体は抜け殻……という結末は火を見るより明らかだった。なんと言っても、月はアナハイム・エレクトロニクスを中心に回っている世界なのだから。

畢竟《ひっきょう》、暗礁宙域で援軍を待ついまが唯一の機会ということになる。アナハイム社の横槍付きでも、やれる時にやれることをやっておくしかない。「ラジャー」とコンロイは心得た応答を寄越した。

「ですから隊長、少しは眠ってください」

直後に不意打ちの声が続き、ダグザは虚をつかれた思いでコンロイの顔を見返した。

「最後に寝たのはいつです。三十時間前ですか？　代わりはいないんですから、仕事と思って休んでください」

長年連れ添った副司令の声音に、張り詰めた気分もいくらか鳴りをひそめた。いいですね、と念押ししてモニター室を離れたコンロイを目で追い、ずんと重くなった体を通路の壁に預けたダグザは、そのまましばし目を閉じた。

歳だな。四十路《よそじ》を目前にした不甲斐《ふがい》なさに、苦い実感が胸中を駆け抜けた。

※

ピアノが鳴っている。知っている曲――母さんが好きなベートーベンの『月光』だ。静かでもの悲しい、でも胸のうちを波立たせずにおかない狂おしい音色が、広くて天井の高い部屋に染み渡ってゆく。遠い昔、まだ地球から仰ぎ見ることしかできなかった月は、こんなふうに人の心をかき乱したのだと教えるように。

顔を上げると、壁にかけられた大きなタペストリーが目の前いっぱいに広がっている。高い天井まで届くそれは、緋色《ひいろ》の地に花や動物が織り込まれていて、中央にはきれいなドレスを着た女の人が佇《たたず》んでいる。小さなオルガンを弾いたり、花輪を手にしたり、菓子を持っていたり。部屋を囲むように飾られた六枚のタペストリーの中で、女の人はそれぞれの行いに耽《ふけ》っており、その傍らには豊かな鬣《たてがみ》を持つ獅子《しし》と、額の一角を天に向けたユニコーンが侍《はべ》っている――。

『見ること、聞くこと、触ること、嗅《か》ぐこと、味わうこと。ここに描かれているのは、大抵の生き物が生まれながらに持ち合わせている五感の象徴だ。だがこの六枚目……「天幕」がなにを象徴しているのかは、はっきりとはわかっていない』

父さんの大きな手に抱え上げられ、バナージは中央に天幕が描かれたタペストリーを見る。傍らの侍女が捧《ささ》げ持つ箱に首飾りを収め、天幕に入ろうとしている女の人。天幕の上には、昔の言葉で「私のたったひとつの望み」と書いてある。前に教わった通りに読み上げると、父さんは『偉いな。憶《おぼ》えているのか』と嬉《うれ》しそうに笑う。

でも、「私のたったひとつの望み」がなんなのかは、父さんにもわからない……。

『わからないから描く。考える。これは人間だけに与えられた能力だ。このタペストリーに描かれたユニコーンも、いま聞こえている音楽も、目や耳から入ってその人の心に訴えかけてくる。五感では感じられないなにか、いま現在を超えるなにか……。それは神と呼ばれるものかもしれないし、人の願望が創り出した錯覚でしかないのかもしれない。だがその存在を信じ、世界に働きかけることができるなら、それは現実を変えることだってある。

わかるか、バナージ。人間だけが神を持つ。理想を描き、理想に近づくために使われる偉大な力……可能性という名の内なる神を』

全部はわからない。でも大事なことを教えようとしている父さんの気持ちはわかる。バナージはじっと父さんの顔を見つめる。

『人を数多《あまた》の動物と隔て、宇宙にまで進出させた力の源はそこにある。確かに人は地球を食い潰《つぶ》してきた。せっかくの知性を同族殺しに費やし、先の戦争では人類の半数近くが死に追いやられた。それをして、人類が種として行き詰まったと結論する者もいるが、それは悲しい物の見方だ。現に、先の戦争はニュータイプという新しい可能性を人に知らしめた。どんな状況でも希望を見出《みいだ》し、現在を超えようと意志するのが人間だ。知性もやさしさも、人を人たらしめる感情はそこから生まれる。世界はいま、絶望と再生がせめぎあう混沌《こんとん》の中にある。これから生きてゆくおまえたちは、人が人らしく生き死にを迎えられる世界を造ってゆかなければならない。内なる可能性をもって、人の力とやさしさを示していける世界をな』

『そんな難しいお話……。バナージにはまだわかりませんよ』

ピアノを弾く手を休めず、母さんが言う。グランドピアノの向こうに見える顔は、笑っているように見える。『この子は特別だ』と言い、バナージを抱え直した父さんの顔にも笑みが浮かぶ。

『人を使っていればわかる。この子には人の話を聞く能力がある。わからないなりに、相手がなにを伝えようとしているのか感じ取ろうとしている。これは持って生まれた才能だよ。五歳にもなれば、そうした人の質《たち》ははっきり現れる。育てようでどうにかなるものではない。この子は特別なんだ』

特別。その言葉がひんやりとした感触をもって胸に落ち、柔らかな光に包まれていた部屋は急に暗くなる。タペストリーは見えない。体を包む父さんの手もない。暗闇に赤い光が滲《にじ》み出し、それがぱっと砕けたかと思うと、散らばったたくさんの光の点がばらばらに動き出す。テレビで見た蛍に似ているけど、あれよりずっと素早い。しかもそれは、バナージの目の届かないところにするりと滑り込み、時おり冷たい棘《とげ》のようなものでつついてくる。

敵意、という言葉が頭に浮かぶ。棘に刺されるのは嫌なので、バナージは光の動きを必死に追う。こいつら、やっつけてやる。

『見えるものや聞こえるものに惑わされるな。感じるんだ。おまえにならできる』

父さんの声が聞こえる。バナージは目を閉じ、冷たいものの気配を感じ取ろうとする。そんなに難しいことじゃない。こいつらは刺す前に必ずぴりぴりした空気を出すから、そこを狙って攻撃すればいい。手も足も使わない、頭だけでする攻撃。気配をつかまえ、やっつけてやると考えさえすれば、頭に巻いたバンドが勝手に機械を動かしてくれる。ほら、またひとつやっつけた。

でも、気配を感じて攻撃してくるのは向こうも同じなので、こちらの気分を出しすぎてはいけない。常に自分の外側に目を置いて、戦場《フィールド》の全体像をイメージすること。敵の気の流れを読み、死角ができるよう誘導すること——。

『いい加減にして！』

バーン、とピアノが不協和音を奏でる。鍵盤《けんばん》に両手をついたまま、怖い顔で父さんを睨《にら》みつける母さんが闇の中に浮かび上がる。

『あなたはバナージをどうするつもりなの？　こんなの、まるで実験動物じゃありませんか！』

『ただのゲームだ。薬物の類《たぐ》いはいっさい使っていない』

『当たり前でしょう⁉　ニュータイプなんて、あんなのジオンの宣伝なんですから』

『だが、この子には力がある。わたしや君にはない力だ。ビスト財団の呪縛《じゅばく》を祓《はら》い、あるべき未来を世界に示す力が……』

『そんなことは、ビスト家の名を継ぐお子さんとなさってください。私たち母子《おやこ》には関係ないことだわ』

『財団の後事を託せるのはバナージだと思っている。君が了承してくれさえしたら、籍も入れると……』

『そういうことを言ってるんじゃないでしょう⁉ 私はね、カーディアス・ビストという人が好きになって、その人の子供なら欲しいと思っただけなの。財団とか、ビスト家の呪縛とか、そんなものはどうだっていいことなのよ!』

もう話しても仕方がない。そんな顔で座り込んだ母さんが、ピアノの陰に隠れて見えなくなる。闇の中、うっすら差し込む光が鳴らないピアノを浮かび上がらせ、光の輪の外に立つ父さんを仄《ほの》かに照らし出す。その顔は、闇に溶け込んでほとんど見えない。

『……力を持たされた者には、相応の責任が生じる。自分では選びようがないことだ』

『可能性という名の神に命じられるがまま……というわけね。そう言って、実行できる強いあなたは好きよ。でも私は、バナージを神の供物に捧げる気はありません』

父さんはなにかを言おうとして、なにも言えずに闇の中に溶けてゆく。しんと冷えきった部屋に取り残されたバナージは、怖さと心細さに泣き出す間もなく、別の手に抱え上げられる。母さんの手。それは子供の目には大きく、十分に温かかったけれど、なんだか寄りかかられているような気もする。そうだ、もう父さんはいないのだから、ぼくが母さんを支えなければ――。

『行きましょう、バナージ。ここは私たちのいられる場所ではないわ。あなたには、平凡な人生の大切さがわかる大人になってもらいたいの』

そう言われると、少し息が詰まる気がする。でも、母さんが望むならそうしよう。この屋敷のこと、父さんから教わったことは忘れよう。あのタペストリーも、父さんがいたということそのものも、みんな頭の奥にしまい込んでしまおう。

だって、ぼくが母さんを守っていかなければならないのだから。男はそうするものだ、と父さんが言っていたから。多分、それは憶《おぼ》えていてもいいこと……。

母さんの手に引かれて、バナージはビスト家の屋敷をあとにする。庭の彫刻も、噴水も、よく手入れされた芝生もみるみる遠ざかり、見たことのない別の世界がバナージの行く手に広がる。〝平凡〟であることが大切な世界。〝特別〟であってはいけない世界。それは頑固な年寄りのようなもので、変えなければいけないこともあるのに変わらず、進みたいという気持ちがあっても自分から進もうとはしない。時々の風に流され、ほんの数年前には体の半分をごっそり持っていかれる大怪我をしながら、なお自分には落ち度がないという顔で大海を漂っているのだ。

それはそれで、きっと楽しい。母さんが言う通り、〝平凡〟であることの大切さ、偉大さというものもあるのだろう。でも、バナージはそこに『ずれ』を感じる。屋敷から一歩遠ざかるたびに『ずれ』が広がり、自分が自分でなくなっていく不安を感じる。なにか大事なものを忘れてきたのではないだろうか。ふと立ち止まり、もう遠い屋敷を振り返ってから、なにも思いつけずに再び歩き出そうとする。と、その足首がいきなり誰かにつかまれ、バナージはその場に膝《ひざ》をついてしまう。

ぎょっと振り返ると、父さんの手が足首をつかんでいる。大きく逞《たくま》しい父さんの手――だけど、驚くほど冷たい。皺《しわ》が増えて、骨ばっている。その先にある顔もすっかり歳を取って、頭はほとんど灰色だ。なにより、そこにいる父さんは血まみれだった。地面に倒れ伏し、バナージの足首をつかみながら、青ざめて死人のようになった顔がこちらを見ている。

『恐れるな。信じろ。為《な》すべきと思ったことを、為せ』

半ば形が崩れ、地面と一緒くたになりかけたカーディアス・ビストが言う。バナージは夢中でその手から逃れようとするが、カーディアスはつかんだ足首を放さない。母さんはどんどん先に歩いていってしまい、こちらを振り返ろうともしなかった。夢中で足を動かし、しまいにはカーディアスの手を蹴《け》りつけようとしたバナージは、屋敷があったはずの場所に巨人が立っているのを見た。

闇の中にひときわ濃い闇を作り、一本角を生やした巨人の影がバナージを見下ろす。ユニコーン、という言葉が頭の奥で弾けた瞬間、巨人の体がぐぐっと膨れ上がり、破れた表皮の下から血のような赤い光が迸《ほとばし》った。

同時に一本角が二つに裂け、一対の目が悪鬼のごとく輝く。喰《く》われる、と直感した体が凍りつき、膨れ上がる恐怖が声になってバナージの喉《のど》を震わせた――。


驚くほどしわがれた声が喉から出て、バナージ・リンクスは目を開けた。

最初に視界に入ったのは、白い光を落とす蛍光板だった。パネルの表面に、破砕防止用の金網が張ってある蛍光板。普通の家屋で見かけるものではない。船の中にいるらしい、と思いついた頭がゆるゆると働き出し、バナージは仰向けになったまま目を動かした。仄かな消毒薬の臭いがする。空調にしては大きすぎる振動音は、たぶん機関の稼働音だ。音の伝わり方からして、シャトルや作業艇クラスのものではない。もっと大きな船――大型貨物船クラスの機関音。そこまで考えた時、「やっと目が覚めたか」という声がすぐそばに発し、白衣を着た中年の男が視界に割り込んできた。

一見でアラブ系とわかる浅黒い肌に、口髭《くちひげ》をたくわえている。咄嗟《とっさ》に起き上がろうとして、無遠慮にのびてきた男の手に頭を押さえられたバナージは、いきなり目に当てられたペンライトの眩《まぶ》しさに顔をしかめた。ふむ、と鼻息をついた男が手を離すのを待ってから、ベッドに横たえられていた体をそろそろと起こす。

ケースに収められた薬品類と、壁に埋め込まれた九面のモニター。コンソールの脇には診療机があり、カルテと思《おぼ》しき書類が積み重ねられている。枕許《まくらもと》の壁に穿《うが》たれた小さなトンネルのような穴は、CTスキャンの類いだろう。まだ神経がめぐりきらない手のひらを見下ろし、診療用の寝巻きを着せられている自分に気づいたバナージは、「あの、ここは……」とかすれた声を搾り出した。白衣の男はカルテになにごとか書き込みつつ、振り返りもせずに、

「《ネェル・アーガマ》の医務室……と言ってわかるかな。ま、連邦軍の艦《ふね》の中だ」

カルテを机に放り、水差しを手にこちらに戻ってくる。中で揺れる水の動きを見、低重力なのだな、と思ったのは一瞬だった。水差しを受け取ったバナージは、ほとんど一息でそれを飲み干した。

「財布の中を見せてもらった。バナージ・リンクス。アナハイム工業専門学校の学生ということで、間違いはないな？」

再び診療机の方に戻った男が、椅子に腰かけながら言う。「はい」とバナージは少しは出せるようになった声で答えた。

「急いで出港してきたもんで、コロニーのデータバンクに当たる間もなくてな。年齢は十六歳。罹病歴《りびょうれき》やアレルギーは？」

「ありませんけど……。この艦《ふね》、宇宙《そら》に出てるんですか？」

「ああ。暗礁宙域の真《ま》っ只中《ただなか》で息を潜めとる。心配するな、敵もそうすぐには仕掛けてこんから」

ぞんざいな口調は、そうした状況に慣れている人のものと聞こえた。敵、という無縁な言葉を反芻《はんすう》し、漠とした危機感を覚えながらも、バナージは半ば放心した目を空になった水差しに注いだ。渇ききった体に水分が染み込み、溜《た》まった澱《おり》が溶け流れてゆくのがわかる。なぜこんなに渇いているのだろう。どれくらい眠っていたのだろう。なにも思い出せないし、思い出す頭が働かない。ひどい悪夢を見た記憶はあるが、それもすでに曖昧《あいまい》な印象になり、体の澱と一緒に溶け去りつつある。

あるいは、これもまた夢なのかもしれない。アナハイム工専の寄宿舎で見ている夢。目が覚めたら、タクヤを起こさないようにこっそり部屋を抜け出し、早朝のバイトに向かう――そう言えば、ブッホ社の人たちはどうしただろう？　あの四枚羽根のモビルスーツは、工業ブロックの方から現れた。港にも被害が出ているなら、あの脂臭《やにくさ》い事務所も……。

どくんと心臓が跳ね、こめかみのあたりに疼痛《とうつう》が走った。手をやると、包帯のごわとした感触が指先に伝わり、バナージはちょっと息を呑《の》んだ。気配を察したのか、白衣の男が「痛むか？」と振り向かずに聞いてくる。「少し……」と答えると、「生きとる証拠だ。我慢しろ」と素っ気ない言葉が返ってきた。

「本来はヘルメットを固定するアタッチメントが、直接額に食い込んどったんだ。それがなければおまえさん、首の骨を折って死んでるところだったんだぞ」

もう一度、今度は外に響くほどの音を立てて心臓が跳ねた。ヘルメットを固定するアタッチメント——ヘッドレストに張り出していた拷問器具のような機械。それが左右から迫り、額を押さえ込む光景が像を結んだ瞬間、記憶の被膜が一気に剝《は》がれた。

鳴りやまないアラーム、ディスプレイに表示された〈NT－D〉の文字。そのあと、眼球が潰《つぶ》れるほどの加速に押しひしげられ、すべてが重い液体と化した空気の中に浸け込まれた。自分の体も、あの四枚羽根のモビルスーツも、殺気を放つ自動砲台も。なにもかもがどろりと粘度の高い液体に搦《から》め取られ、スローモーションのようにしか動けなくなって……それからどうなった？

手から落ちた水差しが床に転がり、乾いた音を立てる。そう、自分は確かにあのコクピットの中にいた。《ユニコーン》と呼ばれるモビルスーツに乗り、〝敵〟と戦った。オードリー、カーディアス、タクヤ、ミコット。いくつもの顔と名前が飛び交い、バナージは割れそうな頭を両手で押さえ込んだ。自動ドアが開き、「失礼します！」と女性の声が飛び込んできたのは、その直後のことだった。

「ハサン先生、あの子が目を覚ましたって……」と言いかけてから、顔を上げたバナージと目を合わせ、「あ、本当だ」とつぶらな瞳《ひとみ》をさらにまるくしてみせる。東洋系の小柄な体軀《たいく》に、グレーの詰襟と白いズボン。形《なり》こそ連邦宇宙軍の制服と知れたが、女性の容貌《ようぼう》はおよそ軍人というタイプではなかった。まるで同年代の少女だと思う間に、ハサン先生と呼ばれた白衣の男が顔を振り向け、「おう、早かったな」と愛想のない口を開いていた。

「本人曰《いわ》く、身分証の記載に偽りはなし。ご要望の検査もしたが、ここの設備で調べる限り判定は白だ」

終わりの方は少し含んだ目をして、ハサンは言った。女性も含んだ目で頷《うなず》き、〝検査〟という言葉に伴う薄暗い空気をバナージに伝えたが、深く考える余裕はなかった。一瞬前の隠微な目付きを拭《ぬぐ》い去り、「初めまして。あたしはミヒロ・オイワッケン少尉」と笑顔を見せた女性に、バナージは目をしばたたいた。

「ようこそ《ネェル・アーガマ》へ……って状況でもないけど、気分はどう？　バナージ・リンクスくん」

「ええ、まあ……」

「いろいろ聞きたいことはあるんだけど、まずは感謝しておかなくちゃね。あなたが《ガンダム》で戦ってくれたお陰で、あたしたちは死なずに済んだかもしれないんだから」

「《ガンダム》？」

「君が乗ってた機体、そうなんでしょ？　いまは顔が隠れて、角も一本になっちゃってるけど」

わけがわからなかった。なにを訊《き》かれているのかすらわからず、バナージはハサンの方を見た。机と向き合った白衣の背中は動く気配がなく、「憶《おぼ》えてないの？」と小首を傾げたミヒロがバナージの目を覗《のぞ》き込むようにする。

「モビルスーツに乗ったことは、憶えてます。動かした記憶もあるけど、とにかく夢中で……」

ふと、脈動するような痛みがこめかみに走った。アタッチメントが食い込んだ傷の痛みではない、内奥から発する痛み——。包帯に手をやったバナージから顔を遠ざけ、ミヒロは「この子、大丈夫なんですか？」と不安げな声をハサンに向けた。

「これから、少しハードな聴取につきあってもらうことになるけど」

「軽い脳振盪《のうしんとう》を起こしとったから、しばらくはふらつくかもしれんがな。肉体的にはなんの問題もない。まともだよ、彼は。《ガンダム》のパイロットとしてはな」

少しだけ顔を動かし、ハサンは答えた。《ガンダム》のパイロット、という言葉が混濁した頭に引っかかり、バナージはミヒロとともにその横顔を見つめた。

「これが初めてってわけじゃない。《ガンダム》にはいつも……。ま、そのうちわかるだろうさ」

ひらひらと動かした手で二人分の視線を追い払うと、ハサンはまた机に向き直ってしまった。そろって白衣の背中を注視したあと、バナージとミヒロはどちらからともなく顔を合わせた。間の悪い沈黙が流れたのも一瞬、「心配しなくていいのよ」と作り笑いを浮かべたミヒロが先に口を開く。

「君の身元は確認できてるから、軍の質問に答えてくれればいいの」

「でも、コロニーのデータバンクに照会する間はなかったって……」

ぐっと詰まったミヒロの顔を見て、余計なことを言ったと後悔した。内情を知るということが、足もとを見ることと同義になる場合もある――軍隊のような場所では、特に。お喋《しゃべ》り、というふうにハサンの背中を睨《にら》みつけ、小さく息を吐いたミヒロは、「君の友達が証明してくれたの」と苦笑混じりに白状した。柔らかい人らしいと安堵《あんど》する一方、友達という言葉の響きにバナージは眉《まゆ》をひそめた。

「アナハイム工専の学生らしいっていうから、もしかしたらと思って聞いてみたのよね。そしたら、一緒にコロニービルダーまで逃げてきて、途中ではぐれたって」

「タクヤとミコットが？　この艦にいるんですか⁉」

他の推測はなかった。「会いたい？」と続いた声に、「そりゃ……！」と勢い込むと、ミヒロはどうしたものかという目をハサンの方に注いだ。相変わらず背を向けたまま、「わたしはなにも聞いとらんよ」とハサン。ミヒロは細い肩をすくめ、「いいわ」とバナージの顔を見下ろした。

「でも、ちょっとだけよ。すぐにでもあなたの話を聞きたいって、偉いおじさんたちが待ってるからね？」

少しこわ張ったミヒロの笑みが、かえって事の重さを強調していた。厄介な立場に置かれているらしい我が身を自覚して、バナージは慎重にベッドから降りた。素足に触れた床が、ひどく冷たかった。

（バナージ、バナージ）

ドアが開くなり、バスケットボール大の球体が飛びかかってくる。咄嗟《とっさ》に受け止めながら、「ハロ！」とバナージは応えてやった。

耳に見える円盤をぱたつかせ、腕の中に収まったハロが（元気カ、元気カ）と合成ボイスをくり返す。「当たり前だろ」と答えつつ、バナージはハロを上下にひっくり返して状態を確かめた。少し煤《すす》がこびりついているが、ラバーで覆われたボディに目立った傷はない。ほっと息をつくと、「バナージ！」「おまえ、生きてたのかよ！」と聞き慣れた声が立て続けに発し、バナージは慌てて十メートル四方の室内を見渡した。

自動販売機や観葉植物、簡素なテーブルセットを並べた士官用レクリエーション・ルームの一画に、声の主たちの顔があった。ソファから立ち上がり、呆然《ぼうぜん》とした顔でこちらを見るミコット・バーチ。見張り役らしい下士官が止めるのを聞かず、テーブルを飛び越えてくるタクヤ・イレイ。二人の顔を見た途端、思いも寄らず胸が一杯になり、「おまえらこそ……！」と返した声が喉《のど》に詰まった。バナージは床を蹴《け》り、宙に飛んだタクヤの体を正面に受け止めた。

間を置かず抱きついてきたミコットともども、ひと塊になった三人の体が慣性のままに漂う。止めに入ろうとした下士官を手で制し、仕方がないという顔でこちらを見たミヒロをよそに、バナージは友人たちの体温を全身に感じた。この温かさ、確かな質感こそ現実──『ずれ』はあっても揺るぎがない、自分が属する世界の体温。冷たく硬化した皮膚が緩み、ふわりとした安心感に包まれるのを感じながら、ここが自分の場所だという思いが胸を満たした。もうモビルスーツに乗り込むことはないし、ビスト財団やネオ・ジオンに関わることもない。悪夢と地続きの一日は終わったのだから……。

ほんの二、三秒のことだったろう。壁にぶつかった途端、一度は振り切った遠心力に搦め取られ、三人はもつれあったままソファの上に落下した。「痛っ」「ぎゃっ」と三様の悲鳴があがり、誰かが吹き出したのを潮に、三人分の笑い声が室内に広がってゆく。腕や足に軽いすり傷を拵《こしら》えているだけで、タクヤにもミコットにも目立った怪我はない。シャワーで煤と汗を流したのか、最後に見た時よりさっぱりした顔をしている。二人の様子を観察したバナージは、「二人とも、よく無事で……」とあらためて呟《つぶや》いた。軽く握った拳《こぶし》をバナージの腹に押し当て、「無事なもんかよ」とタクヤが憎まれ口を叩《たた》く。

「ひでぇ目に遭ったんだぜ、こっちは。モビルスーツの手にふんづかまれて、戦場を引っ張り回されてさ。おまえはなにしてたんだよ」

「心配してたのよ、本当に。バナージもこの艦《ふね》に収容されたって聞いたのに、会わせてもらえなくって。頭の怪我、大丈夫？　ずっと意識を失ってたって……」

頭の包帯に触れようとしたミコットの手を遮り、たいしたことないよと伝えようとした時だった。テーブルの向こう、ミヒロと下士官が並び立つうしろで見知った色が瞬き、バナージは息ができなくなった。

エメラルド色の瞳《ひとみ》。すべての始まりを告げた瞳、鮮烈な色を放つ一対の目が、同じこの部屋にある。下士官の背中に隠れるようにして、自分を見つめている。瞬間、他のなにも見えなくなり、バナージは立ち上がった。

「オードリー！」

その肩がぴくりとこわ張り、エメラルド色の瞳がわずかに見開かれる。バナージは前後の見境なく床を蹴り、足をもつれさせるようにしてミヒロと下士官の脇をすり抜けた。

間違いない、オードリー・バーン。栗色の髪も、白い肌も、すらりとのびたジーンズの足も、昨日見た時となにひとつ変わっていない。奥底から衝《つ》き上げてくる熱――温もりではない、もっと激しく、もっと身を焦がすような熱に押され、バナージはエメラルド色の瞳を目前にした。なにから話していいかわからず、「君も、この艦に収容されてたなんて……！」と最初に思いついたことを言うと、オードリーは一瞬だけ合わせた視線を床に落とした。

「ええ……。こうなってしまって」

ちらと目を上げ、バナージの肩ごしに視線を動かす。その先にタクヤとミコットがいることに気づいたバナージは、体内の熱が瞬時に冷める気分を味わった。

二人はオードリーのことを知っている。反政府組織の一員らしい彼女が〈インダストリアル7〉に潜り込み、ビスト財団と接触を持った経緯——昨夜の戦闘とも不可分な一連の経緯を、他ならぬ自分の口から聞かされている。いまさら思い至り、オードリーから半歩身を退《ひ》いた時には遅かった。「やっぱり、あのオードリーよね」と棘《とげ》のある声が発し、バナージは背後を振り返った。

ミコットだった。ぞっとするほど冷たい視線がバナージをかすめ、オードリーだけを射ている。ミヒロが怪訝《けげん》な目を振り向けるのも見たバナージは、反射的にオードリーの前に立った。

「あなた、誰なの？　どうして〈インダストリアル7〉に来たの」

見張りの下士官の目を気にして、これまでは直《じか》に口をきかないようにしていたのかもしれない。箍《たが》が外れ、刺さるような声を出したミコットに、「あら、四人とも知り合いじゃなかったの？」とミヒロが口を挟む。もっとも事情を知られたくない相手——連邦軍の士官を前にして、バナージは汗ばんだ拳を握りしめた。切り抜ける言葉をなにひとつ思いつけず、無意識に上げた手でオードリーをかばううちに、「昨日、引っ越してきたばっかりなんですよ」と別の声が室内に響いた。

「バナージの幼なじみで、うちの工専に転入する予定だって。そうだよな？」

タクヤが含んだ視線を寄越《よこ》す。すぐには調子を合わせられず、バナージは「え？　ああ……」とくぐもった声を返した。

「ふーん。そうなの？」とミヒロ。ミコットが戸惑った目を向けるより早く、「心配しすぎなんだよ、ミコットは」と続けたタクヤがぽんとその背中を叩いていた。

「いくら幼なじみが現れたって、バナージがおまえ以外の女に目移りするわきゃないだろ？」

これにはバナージも面食《めんく》らい、開いた口が塞《ふさ》がらなくなった。あ、そういうこと、と目顔で頷《うなず》いたミヒロをよそに、呆気《あっけ》に取られたミコットの顔がみるみる紅潮してゆく。やりすぎだ、怒らせてどうする。バナージは思わず目を閉じ、「なに言ってんの⁉　あたしは……！」と爆発したミコットの声をなす術《すべ》なく浴びたが、

「バナージ・リンクスはいるか？」

唐突に割って入った鋭い声音が、先の言葉を封じた。バナージは声の発した方を見、レクリエーション・ルームの戸口に立つ二つの人影を視界に入れた。

髪を短く刈ったレスラーのような大男と、同じく上背がありながら、全身に鋭敏な神経

が行き渡っていると思わせる目付きの鋭い男だった。どちらも連邦軍の制服を着ているが、醸し出す雰囲気は艦のクルーとは明らかに異なる。他の軍人たちが棍棒《こんぼう》なら、こちらは金棒。目付きの鋭い方の男に至っては、よく切れるナイフというところか。

そのナイフと目が合った。ミヒロと下士官が直立不動になる中、無遠慮にこちらに歩み寄ってくる。左腕をギプスで固定しているが、足の運びに隙《すき》はない。鋭利な視線が頭から爪先までを行き来し、猫科の大型動物を想起させる長身が目の前に立つ。目を逸《そ》らしたいのを堪《こら》え、バナージは男の顔を直視した。男も視線を動かさず、「この少年か？」と無表情に口を開いた。

「は、ダグザ中佐」とミヒロが答える。男はバナージから視線を外し、「すぐに連行するよう言ったはずだが」とそちらを見た。

「収容した避難民に面通しをさせていました。同じ学校の生徒という話でしたので」

童顔に似合わぬ鉄面皮で、ミヒロは男とは目を合わせずに言う。その態度に、男に対する反感のようなものが滲《にじ》んでいたが、ダグザと呼ばれた男は気にするふうもなかった。再びバナージを見下ろすと、「君、こちらへ」と短く言って踵《きびす》を返す。有無を言わせぬ口調に、バナージは考えるより先に足を踏み出してしまった。

「ちょっと……！　連行って、どこに連れてくんですか」

「あたしたちと同じで、バナージは逃げてきただけなんですよ？」

タクヤとミコットが続けて言い、バナージは慌てて立ち止まった。二人をちらと一瞥《いちべつ》してから、「それは我々が判断する」とダグザはそよとも揺らがない声で応じる。

「横暴じゃないですか。だいたい、いつになったら〈インダストリアル7〉に帰してもらえるんです？」

「いまは警戒配備中だ。確約はできない」

「あたしの父、ファビオ・バーチは〈インダストリアル7〉第三作業区の工場長です。バナージだけ連れていくなら、理由を説明してください」

大概の大人はそれで態度を変える、と知っているミコットの声音だったが、この時は期待する効果は得られなかった。ダグザはミコットを見据え、

「彼は民間人の立場で軍用モビルスーツを動かし、戦闘状況に介入した。極刑も適用され得る重大な違法行為だ」

「軍用モビルスーツ……？」「おまえが!?」と、それぞれに声をあげたミコットとタクヤの視線がこちらに注がれる。余計なことを、と言いたげにダグザを睨《にら》んだミヒロの横顔を見、落ち着けどころのない目を泳がせたバナージは、「まさか、バナージ……」と背後で囁《ささや》かれた声にぴくりと眉《まゆ》を震わせた。

思わずというふうに肩に触れ、すぐに手を引っ込めたオードリーの目が揺れていた。この瞳を見つけてしまった時から、すべてが変わった。自分も、オードリーも、もしかした

からタクヤとミコットも、引き返せない道に踏み出しているのかもしれない。直感ともつかない感触を胸に、バナージは「あとで話すよ」と応《こた》えた。

「ここで待っていて。いいね？」

誰にもなにも話すな、と目で伝えたつもりだった。オードリーは一歩うしろに退《さ》がり、無言の瞳をバナージに向けた。一瞬だけ触れられた肩が熱を放つのを感じながら、バナージはダグザに続いてレクリエーション・ルームをあとにした。大丈夫よ、というふうに背中に触れたミヒロの手が、顔を上げて歩く気力を支えてくれた。

※

甲高いサイドパイプの音色が、無線を通じて宇宙服《ノーマルスーツ》のヘルメット内に響き渡る。海軍から持ち越された号令用の笛の音は、この時はひどくもの悲しく、うら淋《さび》しい空気を引きずってリディ・マーセナスの耳に届いた。

間もなく振動が足もとから這《は》い上がり、後部カタパルト・デッキの巨大なハッチが閉まり始めた。上下からせり出したハッチが二十メートル四方の射出口を塞ぎ、真空にのびる長大なカタパルトを隠してゆく。ハッチが完全に閉まりきるまでの間、射出口前に整列したリディたちは挙手敬礼の姿勢を取った。未帰艦機を待って開けておいた着艦用後部カタパルトのハッチ……だが、いくら待っても帰らぬ者は帰らない。後に『インダストリアル7遭遇戦』と記録されることになるであろう戦闘から半日以上が経過し、《ネェル・アーガマ》は新たな局面へ乗り出そうとしている。失くしたものへの惜別は腹に収め、次への一歩を踏み出さねばならないのは、生き残ったリディたちにしても同じだった。戦死したパイロットたちの魂は、とっくに家にたどり着いた頃であろうから——。

(みんな、間に合わなかったな……)

分厚いハッチが閉じ、与圧開始の警告灯が点滅し始めた頃、ノーム・バシリコック少佐がぽつりと呟《つぶや》いた。規定の十二時間を過ぎてもシャッターを開放し続けるよう訴え、十七時間目にしてようやく折れたMS部隊長には、いまだ虚空を漂う部下たちの機影が見えているのかもしれない。リディはそちらに視線を流したが、ヘルメットのバイザーに覆われたノームの表情は窺《うかが》えなかった。かける言葉があるわけでもなく、解列とともに三々五々散ってゆく堵列兵《とれっへい》らに混ざり、艦内に続くエアロックをくぐるしかなかった。

ぬいだヘルメットを背中のアタッチメントに引っかけ、空気が充填《じゅうてん》されたモビルスーツ・デッキに下りる。大半の整備用ハンガーがモビルスーツ不在のまま、無愛想な鉄の壁を佇立《ちょりつ》させる光景を目《ま》の当たりにして、リディはあらためて気分が滅入るのを感じた。戦没認定を受けた機体は《リゼル》が五機、《ジェガン》が三機。エコーズのタンクもどきも一機が失われ、いまは残る一機が幌《ほろ》をかけられてデッキの片隅に横たわっている。生存が確認できたパイロットは三名で、このうち一人は軽傷、あとの二人は艦内集中治療室で看護を受けており、戦線復帰の見込みは立たない。実に三分の二の艦載戦力を喪失したモビルスーツ・デッキは閑散とした空気に包まれ、切れ切れに響くクレーンや溶接の音が、灯の消えたような侘《わび》しさを際立たせていた。

「デボラにナーザル、それにイアン中隊長まで……。痛いよな」

「伏兵の不意打ちを食らったR003《ロメオ》は別にして、他の七機は一機の敵に墜《お》とされたんだろ？　しかもそいつを取り逃がしたっていうじゃねえか」

「三分の二だよ、三分の二。それだけ墜とされて、編制はどうすんの！　予備機の《ジェガン》を入れたって、まともに動けるのは五機だぜ？　中隊も組めやしない」

「増援を待つしかないよ。こんな状況で、また『袖付《そでつ》き』の四枚羽根に襲われたらひとたまりもないもんな」

「おれは、J4《ジュリエット》のシエロにポーカーの貸しがあったんだぜ……」

いつもの喧噪《けんそう》がない分、あちこちで交わされる整備兵らの声が耳に刺さってくる。リディは無意識に拳《こぶし》を握りしめ、墓碑のように並び立つハンガーの間を流れた。そんなに責めるな、と胸中に呟く。臆病《おくびょう》だから生き残れたわけではないし、勇猛な奴が死んだというわけでもない。両者を分けたのは純粋に運だ。死神が大鉈《おおなた》を振った時、たまたましゃがんでいたか立っていたかという、たったそれだけのことが結果を決めた。そこにはキャリアも実力も、勇気が作用する余地もまったくなかった。

死はそれほどに呆気《あっけ》なく訪れ、生き残った者はただ戸惑うしかない。仲間の仇討《あだう》ちを果たしたいという気分はあるが、それはギャンブルにのめり込んでゆく心境と似たようなもので、他に帳尻《ちょうじり》を合わせる方法を持たない心身の条件反射でしかないのかもしれない。敵が憎い、悔しいという感情は、少なくともリディには希薄だった。強いて言うなら、悔しいと思えないことが悔しい。まだ状況を受け止めきれず、生き残った体を持て余している自分の経験不足が腹立たしい。いつかはこんな思いにも慣れ、死んだ連中の思い出話を肴《さかな》に酒が呑《の》めるようになるのだろうか――。

悶々《もんもん》と思考をめぐらせるうちに人の声は遠ざかり、気がついた時には整備中の自機を目の前にしていた。全体に煤《すす》がこびりつき、NAR－008のペイントは読みにくくなっているものの、これといった損傷箇所は見当たらない。ビームの擦過痕《さっかこん》ひとつない《リゼル》を見上げ、なにもできなかったという思いを新たにしたリディは、ワイヤーガンを使ってコクピット前に体を流した。開放されたハッチからは複数のケーブルがのび、奥で作業をするジョナ・ギブニー機付長の背中を見えにくくしていた。

大柄をすぼめ、ディスプレイ・ボードに繋《つな》いだ検電装置のキーボードを叩《たた》いている。その背中が泣いているように見え、リディは少し息を呑んだ。古参の下士官には、自分のような初任幹部とはまったく異なる価値観があり、乗務艦に対する執着に近い愛着がある。

再就役以来の本格的な実戦、それも多くの人的損失を招いた実戦を経験して、ギブニーにはより生々しい感情の疼《うず》きがあるのだろう。先に続ける言葉を思いつかないまま、リディは「機付長……」と呼びかけた。と、その太い首がぐりと動き、殺気を帯びた視線がこちらに振り向けられた。

「てめえは、実戦にまでこんなオモチャ持ち込んで！」

日頃の鬼面をさらに険しくして、手のひらサイズの飛行機をずいと突きつける。戦闘前にコクピットに持ち込んだきり、すっかり忘れていた複葉機のプラモデル——。「あ、いや、それは……」と咄嗟《とっさ》に出した声が喉《のど》につまり、リディは腰の引けた体をうしろに流した。「それは、なんだ!?」とたたみかけ、ハッチを抜け出したギブニーの巨体が仁王立ちになる。

「ピクニック気分でやってるから、ジオンの残党どもにいいようにやられるんだろうが！」

コクピット・カバーに足を踏んばり、リディの体を突き飛ばす。リディはなす術《すべ》なく無重力を漂い、《リゼル》の股間《こかん》からせり出すフック状の装甲に背中をぶつける羽目になった。周囲の整備兵がぎょっとした様子でこちらを見、またかと言わんばかりに顔を背ける。リディは素早く体勢を立て直し、「言い掛かりでしょ！」とギブニーを睨みつけた。

「おれだって必死だったんだ。八つ当たりはやめてくれ」

「結果がついてこなきゃ話にならねえんだよ！　てめえなんぞこれで遊んでろ」

プラモデルを放り投げ、ふんと鼻息をついたギブニーの顔は見なかった。頭上を飛んでゆく小さな複葉機を目で追ったリディは、反射的に足もとの装甲を蹴《け》っていた。アホみたいだと思う一方、こうなると引っ込みがつかないという奇妙な意地も働いて、デッキを横断飛行する複葉機を夢中で追いかけた。もとより航空力学に則《のっと》った形をしているせいか、複葉機はプラスチックの羽根で空気を切り、減速もせずに反対側の隔壁に近づいてゆく。それはクレーンの狭間をすり抜け、隔壁沿いのキャットウォークに到達すると、その上を歩く人の列に飛び込んでいった。

列の中ほどにいた人影がひょいと身をかわし、いきなり目の前に流れてきた複葉機をつかまえる。一拍遅れてキャットウォークの手すりをつかんだリディは、軍服を着ていないその者の横顔に虚をつかれた。紺のジャンパーにジーンズ、適当にのばした焦げ茶色の髪。前後を挟む男たちより頭ひとつ小さいその面差しは、まだ少年と言ってもいい――。

「あ、すまない」

「いえ。……よくできてますね」

手にした複葉機を差し出しつつ、少し口もとを緩めた少年の瞳《ひとみ》がリディを見上げる。含みのない目だが、強い。おとなしそうな顔立ちに似合わず、底に鋭い光が宿っている。奇妙な磁力を放つ目と目を合わせ、なにやら胸が騒ぐ感覚にとらわれたリディは、別の視線に気づいて顔を上げた。列の先頭を行くダグザ・マックール中佐が、表情のない一瞥《いちべつ》をこちらにくれていた。

咄嗟に敬礼しつつ、リディは列を離れた。一団は再び歩き出し、少年の顔は大人たちの背中に隠れてすぐに見えなくなった。収容した避難民を移動させている……にしては、少年を取り囲む一団の気配は物々しすぎる。なによりマンハンターの連中が一緒なのはどういうわけか。手すりに足を引っかけ、十人ばかりの一団を観察したリディは、最後尾に知った顔を見つけてそちらに体を流した。警衛隊に配属された同期の初任幹部だ。

通常の二種制服の上に銃帯を付け、白いラインの入った抗弾ヘルメットをかぶっている。目顔で挨拶《あいさつ》を交わしたあと、リディはその背後について耳元に顔を寄せた。「誰、あいつ？」と少年の方に顎《あご》をしゃくると、同期は「例の《ガンダム》に乗ってたガキだよ」と小声で答えた。

「あいつが……⁉　子供じゃないか」

「そう言ったろ。これから実地検分やるんだってさ」

圧倒的な機動力で『袖付き』の四枚羽根を撃退したガンダム・タイプと、目の前を行く学生のような少年。繋げて考えられる要素はひとつもなく、リディはしばし棒立ちになった。その間に一団は先に行ってしまい、追いつこうとした同期が強めに床を蹴る。リディもそれに倣《なら》い、同期の背中にぴたりと付き従った。

「なんだよ？」

「《ガンダム》のところに行くんだろ？　ごついライフルやシールドも回収できたって聞いたぜ。おれも見学……」

「だめだめ、部外者は立入禁止。それでなくてもアナハイムの連中とマンハンターが権利争いしてて、ぴりぴりしてんだから」

「そいつらこそ部外者じゃないか」

「おれに言われても知るかよ」

しっしっ、と手で追い払われて、リディはしぶしぶ足を止めた。一行はキャットウォークの終点にあるエレベーターに乗り込み、最後に乗った同期がドアを閉じる。一瞬、こちらを見た少年と目が合ったが、先刻の印象を確かめる暇はなかった。閉まるドアが少年の視線を隠し、エレベーターは下部デッキに滑り下りていった。

モビルスーツ・デッキの下には、艦内工場とも呼ばれる整備デッキがある。機体の換装や大規模な修理に使われる場所で、回収されたガンダム・タイプはそこに保管されていた――もっとも、回収した時と同じ状態なら、《ガンダム》とは似ても似つかぬ一本角のモビルスーツになっているのだろうが。腹立ち紛れにエレベーターのドアを蹴りつけ、その勢いで体を流したリディは、艦内に続くエアロックに取りついた。どいつもこいつもぴりぴりしやがって、少しは人を労《いたわ》ろうって気持ちにならないのか。詮《せん》ない悪態を胸中につきながら、油臭いモビルスーツ・デッキをあとにした。

待機命令が出ているとあっては、自室に戻ってくつろぐわけにもいかない。複葉機のプラモをヘルメットの中に隠したリディは、パイロット待機室に向かった。予備機と予備要員を動員したところで、本来のネェル・アーガマ隊の陣容は取り戻しようがない。生き残った連中と一緒にがらんとした待機室にこもり、ノーマルスーツを着たまま辛気臭い時間を潰《つぶ》すしかないわけだ。うんざりしながらリフトグリップを握り、交差路に差しかかった時だった。見覚えのある人影が目の前を行き過ぎ、リディはどきりと胸を高鳴らせた。

栗色の髪に、白い細面。空気を孕《はら》んで膨らむ薄い紫色のケープは、間違いなかった。リディはリフトグリップのスピードを上げ、「ちょっと、君……！」と呼びかけた。交差路の手前でリフトグリップを手放し、突き当たりの壁に足をついて慣性を殺す。九十度横倒しになった視界に、怪訝《けげん》な顔を振り向けた少女の顔が映えた。

「やっぱり、そうだ。怪我はなかった？　気になってたんだけど、確かめる時間がなくて……」

ふわりと舞ったケープごしに、その場に立ち止まった少女の視線がリディを直視する。勝ち気そうな……というより、張り詰めていると表現した方が相応《ふさわ》しいエメラルド色の瞳。

〈メガラニカ〉で敵機に追い詰められた時、モニターごしに見た清冽《せいれつ》な横顔がそこに重なり、リディはひとりどぎまぎした。この顔があったから恐れずに対処できたのだ、と根拠なく確信しつつ、「あ、ヘルメットかぶってたし、わかんないよな」と愛想笑いを浮かべる。

「おれ、君たちを運んだモビルスーツのパイロット」

ああ、と思い当たったらしい顔に、「リディ・マーセナスっていう。君は？」とたたみかけると、「……オードリー・バーンと言います」という声が少女の唇からこぼれた。併せてエメラルド色の瞳が伏せられ、凛《りん》とした細面が急に精彩を失ってゆく。清冽な印象が萎《しぼ》み、気まずい空気を漂わせるようになった少女の横顔に、リディは続ける言葉をなくした。意外とシャイな娘なのか？　と思い、当てが外れた気分でその横顔を見下ろした刹那《せつな》、「これじゃ犯罪者扱いじゃないですか！」と別の声が通路に響き渡った。

突き当たりにある機械調整室のドアの前で、黒髪の少女が目尻《めじり》を吊《つ》り上げているのが見えた。「バナージが《ガンダム》を動かしたなんて、なにかの間違いです」と続けた彼女の隣には、同年代と思える東洋系の少年がおり、そろって目の前に立つ女性士官を睨《にら》みつけている。制服がなければ彼らに混じってしまいそうな童顔は、ミヒロ・オイワッケンのものだ。

「でも、コクピットに彼がいたことは事実なのよ。他に理由が説明できて？」

通路端にいるこちらの存在にも気づかず、ミヒロは二人をなだめるのに余念がない。意外なところで出てきた《ガンダム》という響きに少しぎょっとしつつ、リディは「あれ、君と一緒にいた子たちだよね」と少女に確かめた。オードリーと名乗った少女はちらと目を上げ、ぎこちなく頷《うなず》いてみせた。

「あのガキ……《ガンダム》のパイロットとも知り合いなの？」

「ええ……」

わけがわからなかった。「ふーん」と曖昧《あいまい》に返し、マンハンターに連行されていった少年の顔を脳裏に呼び出したリディは、その瞬間に思いつくことがあった。にやりと口もとを緩め、「気になるなら、見に行ってみる？」とオードリーに囁《ささや》く。

え？　と顔を上げたあと、不気味なものを見る目を向けたオードリーを背に、ミヒロたちのもとに近づく。くさくさした気分を晴らすにはちょうどいい。待機中に心身をリフレッシュするのもパイロットの仕事のうちだ。誰も労ってくれないのなら、自分で自分を労るしかないではないか。一秒未満で自己欺瞞《じこぎまん》を完了させ、こちらを見たミヒロたちと目を合わせたリディは、昔の東洋のやり方に倣ってひとさし指を掲げてみせた。

「《ガンダム》見たい人、この指とーまれ」

※

モニターパネルの継ぎ目から緑色の光がわき出し、中空に形成されたレーザーの被膜が全身をスキャンしてゆく。ディスプレイ・ボードに毛細血管のマッピング・データが表示され、〈IDENTIFIED〉の文字がそこに重なると、メイン・ジェネレーターの起動音がコクピットを震わせた。

モニターパネルが順々につき、継ぎ目のないオールビューモニターがリニア・シートを取り囲む。身長二十メートルの巨人の目が映し出す光景は、この時は四方を隔壁に囲まれた殺風景な空間だった。モビルスーツ・デッキの半分もない整備デッキには、より細かい修理作業ができる整備用ハンガーが二つ置かれ、一部装甲を取り外されたジェガン・タイプが一方のハンガーに固定されている。それと向き合う形で佇《たたず》み、無重力に漂う複数の人影に取り囲まれているのが《ユニコーン》。このコクピットを腹に含み、頭部に一本角を聳《そび》えさせる規格外のモビルスーツだった。

開放したハッチの向こうにはダグザ中佐がおり、その背後では腰の拳銃《けんじゅう》に手を置いた警衛が油断のない目を光らせている。カメラのシャッター音がそこかしこで響く中、バナージは居心地の悪い思いで顔をうつむけた。早く終わらせてくれ、と思う。こんな場所に長くいたくない。まだあの人の血の臭いが残っているのだから――。

「驚いたな。いままでなにをやっても起動しなかったのに」

ハッチから顔を突っ込み、コクピット内を見回した整備兵が言う。《ユニコーン》の実地検分に臨んだ人々の出自はさまざまで、軍服を着た者もいれば、背広を着た者たちもおり、さらに軍服組も二派に分かれているらしい。この艦のクルーと、ダグザ率いる屈強そうな男たち――二の腕の膨らみ具合からして、この整備兵はダグザ組だろう。ディスプレイ・ボードを覗《のぞ》き込んだ整備兵の頭を見下ろし、もう降りてもいいかと尋ねようとしたバナージは、「生体登録だ。知らんのか」と発した毒のある声に顔を上げた。

背広組のトップ、確かアルベルトとか呼ばれていた男だった。肥えた体を中空に浮かべ、ダグザの肩ごしにじっとりとした視線を注いでくる。襟の立ったマオカラー風のスーツは、カーディアスが着ていたものとそっくりだが、こちらは胸にユニコーンのマークがなく、せっかくの襟も顎《あご》の肉に圧迫されてなんだか暑苦しい。ビスト財団の特注服かと思っていたが、最近の流行なのだろうか？

整備兵がむっとした目を向ける。ふんと顔を逸《そ》らし、「そんなもの、アナハイムの工場に行けばすぐに解除できる」と続けたアルベルトは、「それは難しそうです」と差し挟まれた声に冷笑を吹き消した。「なんでだ」と《ユニコーン》の頭部に取りついている部下を睨みつける。

「OSにがっちり食い込んでるんです。下手に初期化すると、例のラプラス・プログラムも消えてしまう可能性があります」

空気を読むということを知らない部下の返答に、ぐっと詰まったアルベルトの顔が潰れた肉団子のようになる。その顔を眺め、バナージはふと見覚えがあるような錯覚にとらわれたが、それもダグザがコクピットに入ってくるまでのことだった。

「宇宙服《ノーマルスーツ》を探すためにコクピットに入った。そこにカーディアス・ビストが現れて、君を《ユニコーン》のパイロットに登録した。それで間違いないな？」

長身を屈《かが》め、シートの脇に滑り込んだダグザが鋭い視線を寄越《よこ》す。バナージは「はい」と硬い声で答えた。

「それまでカーディアス・ビストと面識はなかった」

「……はい」

「初対面なのに、カーディアスだと確認できた理由は？」

「さっきも言いました。アナハイム工専のパンフレットかなにかで、写真を見ていたからです」

顔を上げ、目を見て言う。射竦《いすく》める目に見返され、先に視線を逸らさずにいられなくなった。しっかりしろ、とバナージは汗ばむ両手を握り合わせる。迂闊《うかつ》に真相を話すべきではない。まだ状況がつかめないし、下手に話せばオードリーの身にも嫌疑が及ぶことになる。相手は軍人、それもナイフの鋭さを目に宿らせた男だが、隠し通せないことはない。自分にもひとつだけ有利な点があるのだ。

自分自身、その真相を納得していないし、実感もできていないという事実。これは嘘をつき通す上で有利に働く。バナージは口を閉ざし、正面に顔を固定した。ダグザはひとつ息を吐き、「納得しがたい話だ」と言って視線を外した。

「初対面の相手……それも君のような少年にすべてを託したとは」

父親だったと言ったら、納得するのか？　内心に呟《つぶや》き、それこそ納得しがたいよな、と自嘲《じちょう》したバナージは、「変わり者だったんだよ、あの人は」と割って入った声にひやりとした。いつからそこにいたのか、アルベルトがハッチの戸口脇に立っていた。

「そうでなければ、そもそもこんな騒ぎも起こさなかったろう」と続けて、横目でハッチの中を覗き込む。最初に顔を合わせて以来、折につけ湿った敵意をぶつけてくるアルベルトの目は、この時も憎悪に近い色を宿してバナージの全身に絡みついてきた。バナージは思わず生唾《なまつば》を飲み下す。

「ワンマンで、横暴で、財団のためと言いながら自分を満足させることしか考えていない。無頼と言えば聞こえはいいが、ようは他人を信頼できない寂しい人だった。その少年に《ユニコーン》を託したのも、我々に対する最後の嫌がらせだろう。あるいは、半死半生で正気を失っていたか……」

「正気でしたよ、あの人は。これを使ってみんなを助けろって、はっきり言いました」

自分が喋《しゃべ》っている、と理解したのは、アルベルトの横顔を見て言いきったあとだった。アルベルトは呆気《あっけ》に取られた表情を浮かべ、ダグザも鋭い視線をこちらに向け直す。まずいと思う一方、喉《のど》から鼻まで衝《つ》き上げる熱を抑える術《すべ》はなく、バナージは残りの言葉を吐き出してしまっていた。

「誰も信じられない人の言葉じゃなかった。そういう噂が立ったのは、周りに信頼できる人がいなかったからじゃないんですか？」

なんのための抗弁、なにに対する怒りなのか。自分でも判然としないうちに、顔色を変えたアルベルトがコクピット・カバーを蹴《け》り、ハッチの向こうから手をのばしてきた。いきなり胸倉をつかみ上げ、「知ったふうな口をきくじゃないか」と凄《すご》んだ顔が視界いっぱいに広がる。バナージは意地でも目を合わせ続けた。

「自分の置かれた状況がわかった上で言ってるんだろうな？　場合によっては、子供でも刑務所に入ってもらうことになるんだぞ」

「わかりませんよ……！　おれにわかるのは、亡くなった人を悪し様に言うのはよくないって常識だけです。大人のくせに、恥ずかしくないんですか」

すっと息を吸い込んだアルベルトの鼻が膨らみ、胸倉をつかんでいない方の拳《こぶし》が握りしめられる気配が伝わる。歯を食い縛ったバナージは、「やめなさい」と一喝したダグザの手が素早く動き、アルベルトの手首をつかむ光景を目の当《ま》たりにした。

「それこそ大人げないでしょう。バナージくんも言葉を慎め。子供がきいていい口ではない」

つかんだ手首を軽く捻《ひね》っただけで、完全にアルベルトの動きを封じたダグザが言う。喉まで出かけた反論を呑《の》み込み、バナージは目を背けた。「わかったから、放せ！」とわめき、アルベルトはつんのめるようにコクピットを抜け出してゆく。

「こんなことをしていても時間の無駄だ。《ユニコーン》は月のアナハイム本社で調べる。それまでは封印だ、封印！」

「ここは連邦軍の艦艇内です。あなたに命令をする権限は……」

「権限が必要なら、あとで首相でも参謀総長でも好きなところから取り寄せてやる。ほらそこ、勝手に写真を撮るんじゃない！」

捻られた手首を押さえ、カメラを構える整備兵を怒鳴りつけたアルベルトは、その拍子にコクピット・カバーに着けていた足を滑らせた。慌ててカバーをつかもうとして果たせず、じたばたともがく体が整備デッキのがらんどうを流れてゆく。行く手には誰もおらず、ムーバブルフレームを一部露出させた《ジェガン》だけが佇んでいる。下手にぶつかったら感電しかねないと考えたバナージは、咄嗟《とっさ》に操縦桿《そうじゅうかん》をつかんだ。

関節機構《アクチュエーター》の稼働音とともに、《ユニコーン》の右腕がゆらりと持ち上がる。「おい!?」

「動いたぞ!」と周囲の人々がどよめくのをよそに、バナージは《ユニコーン》のマニピュレーターでアルベルトの体をキャッチした。五本の指と連動する操縦桿のグリップを軽く握り、反動で浮き上がりかけたアルベルトの体をそっと包み込む。腕の稼働範囲に人がいないことは確認したから、問題はなかったはずだ。

巨大な手のひらに握られたアルベルトを背に、その場にいる全員の目がコクピットに注がれる。バナージは操縦桿から手を離し、誰の顔も見ないようにした。「おまえがやったのか?」と傍らで問うたダグザに、「はい」と目を合わせずに答える。

「たいしたものだ。初めてモビルスーツを動かしたとは思えんな」

「プチモビの操縦は工専の必修ですから」

いくら探りを入れられても、こればかりは自分でも説明のしようがない。また疑われる材料を提供してしまったと後悔したが、「ニュータイプってやつかな」と微《かす》かに苦笑したダグザは、それ以上なにも言わなかった。巨人の手のひらから抜け出そうともがき、「こら、放せ!」と怒鳴ったアルベルトが、間の悪い沈黙を虚《むな》しくかき回す。

「握り潰《つぶ》すなよ?」

「わかってます」

「あとで掃除が面倒だからな」

微かに浮かべた苦笑を打ち消し、ダグザはにこりともせずに言った。「はい」とバナージも仏頂面で応じた。

※

「あれが《ガンダム》？」

「そうらしいけど……。形が全然違うよなぁ」

ハロを抱えたミコットに答えつつ、タクヤは納得いかないという顔で頭を掻《か》く。オードリーは心持ち首をのばし、二人の肩ごしに整備デッキの様子を窺《うかが》った。

高さ三十メートルはあろう吹き抜けの空間に、整備用ハンガーにくわえ込まれた白いモビルスーツの姿がある。連邦系のスマートな人型に、一本角が異様に映える機体は《ユニコーンガンダム》に違いなかった。

カーディアス・ビストが言う『ラプラスの箱』への道標《どうひょう》――よりにもよって、連邦軍の艦に回収されるとは。口中に呟き、それは自分も同じかと思い直したオードリーは、ミコットたちに気づかれないようひっそり息をついた。はめ殺しの窓に反射する自分の顔と、その背後に立つ二人の連邦軍人の顔を見較べて、まるで悪い夢だとあらためて嘆息する。

そんなこちらの思いに気づく道理もなく、ミヒロ・オイワッケンは落ち着かない様子で薄暗い室内を見回している。リディ・マーセナスはと言えば、さすがに窓にかぶりつきはしないものの、できればそうしたいと書いてある子供のような顔。ミコットたちを落ち着かせるため、というのはミヒロの同意を取りつける言い訳で、本当は自分が《ユニコーン》を見たかったのだろう。彼が案内してくれたこのクレーン操作室からは、確かに整備デッキの光景が一望にできる。コクピットの中は窺えないが、《ユニコーン》の全貌《ぜんぼう》を斜め上から見下ろすことができるし、機体を調べる人々の様子もはっきり見て取れる。部外者の立ち入りを禁じておきながら、この緩さはなんだろうとオードリーは思った。まだ《ユニコーン》の取り扱いについて意思統一が為されていないのか、連邦軍とはもともとこういうところなのか。

「さすが、パイロットは艦内構造に精通してるんですね」

タクヤには、そんな疑問は無縁のことらしい。窓から顔を上げて言った彼に、リディは「まあな」と満更でもない顔で応じる。

「おれ……いや、自分は、アナハイムのテスト・パイロットになるのが夢なんです。工専を卒業したら軍の教導隊に入りたくて、勉強してんです。本物のパイロットと話せるなんて光栄です！」

「ちょっとタクヤ、そういう時じゃないでしょう？」とミコット。タクヤは「いいじゃねえか。滅多にないチャンスなんだぜ」と口をとがらせてから、憧《あこが》れのスターを見る面持ちをリディに向け直す。リディはもったいぶった仕種《しぐさ》で腕を組み、

「チャンスを逃さずってのは、パイロット志望としちゃいい心がけだ。あとでおれの機体も見せてやるよ」

「マジっすか⁉ 少尉の乗ってた機体、Z《ゼータ》系の可変機ですよね。今年の装備年鑑にテスト中の写真が載ってたけど、《ジェガン》のサブ・フライト・システムとして運用するって発想は……」

怒濤《どとう》のごとく噴き出してきた蘊蓄《うんちく》に気圧《けお》されたのか、うんうんと曖昧《あいまい》に頷《うなず》くリディの笑顔が次第にひきつってくる。慣れているらしいミコットは端から聞く耳を持たず、ついにはハロを相手に熱弁を振るい始めたタクヤをよそに、リディの背中をつついたミヒロが「いいんですか？」と小声で囁《ささや》いていた。「いいんじゃない？」とリディは太平楽に応じる。

「青少年の夢は大事にしないと」

「調子のいいこと言って。だいたい、いまは待機中でしょう？ 勝手にこんなとこに来て、あとで叱られても知りませんよ」

「堅いこと言うなよ。辛気臭い待機室にいたって気が滅入るだけだし、敵だってすぐには仕掛けてこれないさ」

ひそひそと囁きあう二人の声を横聞きして、これはいったい軍人同士の会話か、実戦渦中の軍艦内に流れる空気かと疑ったオードリーは、ため息を堪《こら》えて窓の向こうに視線を流した。まるで緊張感がない。自分たちとはあまりに違いすぎる。士気がどうこうという問題ではなく、彼らには余裕があるのだ。

たとえ戦力の大半を削られても、ここさえ乗り切ればなんとかなると考えられる余裕。いま持ち堪《こた》えれば援軍が来てくれるし、次のチャンスもあると信じられる絶対的な余裕。いまの自分たちには、それがない――いや、一年戦争の昔から持ったためしがない。国力にして百倍近くの差がある地球連邦を敵に回して、余裕を持つなどできることではなかった。失ったものは二度と取り戻せないし、いまがだめなら次もない。誰もがぎりぎりの状況で戦い、血を流し、拾われる骨もなく虚空に散っていったのだから。

持てる者と持てない者の差……なのだろう。こうも考え方の土台が違うと、憎悪も羨望《せんぼう》も喚起されようがなく、我の正義を唱えるのがナンセンスに思えてくる。この目で見なければ実感しようがなかったことで、己の見識の未熟さを痛感する一方、ここに居続けることの危険をオードリーは再確認した。こんな空気の中で自然に振る舞いきれる自信はない。いまは口を噤《つぐ》んでいるが、このミコットという少女は明らかに自分に疑念を抱いている。ぼろが出る前に、なんとかこの艦から抜け出す方法を考えなければ――。

「で、おまえの友達、バナージだっけ？　いったい何者なの」

これといった動きのない整備デッキの見物に飽きたのか、リディが不意に口を開き、オードリーは物思いを中断してそちらを見た。「何者って……。別に、なあ？」と戸惑い気味の声を出したタクヤに、ミコットも肩をすくめてみせる。

「おとなしい、普通の子ですよ。モビルスーツに乗って戦うなんて、想像つかないもの」

「だが、あの《ガンダム》が敵機を撃退したのは事実だぜ?」

「そんなこと言われても……。空襲が始まってからは、なんかいつものバナージと違う感じはしたけど」

「そういやそうだな。異様な迫力があったっていうか。普段はぼんやりしてるくせに」

そう言われれば、オードリーにも気になることはあった。先刻、レクリエーション・ルームで再会したバナージは、確かに以前の彼とは漂わせる空気が違っていた。見た目も声も同じなのに、圧力が増した感じ――強いて言うなら、存在が重くなっていたのだ。

あの肌に吸いついてくる手のひらの持ち主が、なにをどう間違って《ユニコーンガンダム》に乗り込む羽目になったのか。再び整備デッキを見遣《みや》ったオードリーは、「でも、勝てたのは機体の性能のお陰でしょ。なんたって《ガンダム》だし」と続いた声に虚をつかれた。奇妙に確信めいたタクヤの言葉に、ミコットも「どういう意味?」と眉《まゆ》をひそめる。

「だって、最初の《ガンダム》を動かしたアムロ・レイも学生だったんだぜ? 《Ｚ《ゼータ》ガンダム》のカミーユ・ビダンや、《ＺＺ《ダブルゼータ》》のジュドー・アーシタだって。素人がパイロットになるってのは、《ガンダム》の伝統みたいなもんなんだよ」

「……詳しいのね、おまえ」とリディ。疲れた皮肉を笑顔で弾き返し、「そりゃもう、勉強してますからね」とタクヤは胸を張る。

「そういや、この《ネェル・アーガマ》って、第一次ネオ・ジオン戦争でガンダム部隊の母艦になってた艦《ふね》ですよね？　因縁だよなぁ、また新しい《ガンダム》を載せるなんて」

　下手に相手をしたら、また蘊蓄の嵐に巻き込まれると思ったのだろう。リディは無言でタクヤの視界から引き下がり、オードリーの横に並び立った。「マニアはこれだからな」などと小声で言いつつ、ちらりと視線を流してくる。

「君の顔、どこかで見た気がするな」

　なんの気なしに出された声音に、どくんと心臓が跳ねた。まさかと思いながらも、じっと見つめるリディの表情を確かめる勇気は持てず、オードリーはこわ張った顔を床に向けた。

　公に知られている自分の顔は子供時代のもので、最近の顔写真はマスコミには流通していないはずだが、連邦軍の士官なら資料で目にする機会もあったかもしれない。他人の空似でごまかせなかったら、その時は――。拳《こぶし》を握りしめ、早鐘を打つ心臓の音を聞いたオードリーは、「あ、わかった」と発した声に思わず目を閉じた。

「女優のナツメ・スワンソン。彼女に似てるって言われない？」

　あっけらかんとした声音に、脱力という言葉の意味がつくづく実感された。ほっとするのもバカらしい気分を漂いながら、「芸能界のこと、あまり知らなくて」とオードリーは答えておいた。話の接ぎ穂をなくした顔で、リディは「あ、そう……」と頭を掻《か》く。「なにやってんだか」とミヒロがため息をついた向こうで、一瞥《いちべつ》をくれたミコットは相変わらず不審げな顔だ。

やはりここに長居はできない。あらためてそう思い、突き刺さる視線から顔を背けようとした刹那《せつな》、唐突に鳴り始めた警報の音がオードリーの耳朶《じだ》を打った。

(総員、対空戦闘用意。モビルスーツ隊は発進準備急げ)

抑揚のないアナウンスがけたたましいアラートに重なり、ミコットとタクヤがびくりと顔を上げる。なにか言おうとした二人を手で制し、艦内スピーカーを見上げたミヒロの傍らでは、リディが首にかけていたヘルメットを手にしたところだった。「もう来やがったか……」と呟《つぶや》きつつ、ヘルメットの中から取り出したものをタクヤの方に流す。小さな飛行機の模型、とオードリーが認めた時には、リディはすでにヘルメットをかぶり終えていた。

模型を受け取ったタクヤに、「持ってろ。壊すなよ」と言ってから、「ミヒロ、こいつらを安全な場所に」と続けて首回りのファスナーを閉める。「はい」と応じたミヒロも、返事を聞かずに操作室を飛び出していったリディも、一瞬前とは別人の厳しい表情だった。

タクヤは手にした模型を持て余した様子で、「なんなんです？」と戸惑った声を出す。

「敵襲かもしれない。居住区に戻りましょう」

「敵って……また来るんですか？」

蒼白《そうはく》になったタクヤの横で、「もう嫌よ、こんなの……！」とミコットが両手で耳を塞《ふさ》ぐ。整備デッキの方でも人の動きが活発になり、警衛と思《おぼ》しき人影が一団の誘導を開始しているのが見えた。バナージの姿を探して見つけられず、宙に浮かぶハロを抱え持ったオードリーは、敵襲、と胸中にくり返した。

《ガランシェール》の戦力だけで、ジンネマンが仕掛けてくるとは思えない。〈パラオ〉から増援が来たのか？　と考え、早すぎると結論したオードリーは、ぞくりとした寒気を覚えて窓から離れた。うずくまったミコットを担ぎ上げたミヒロに「急いで」と一喝され、タクヤに続いて操作室の戸口を抜ける。

赤色灯が明滅する通路を、数人のクルーが血相を変えて滑ってゆく。移動しつつノーマルスーツを着込み、隔壁の閉鎖を確認して回る彼らの怒声を聞きながら、早すぎる増援を可能にするたったひとつの名前が胸中に浮かび上がった。

フル・フロンタル。『シャアの再来』と呼ばれるあの男なら、あるいは——。そこから先は言葉にならず、オードリーはリフトグリップを握る手に力を込めた。

2

(ノーム・バシリコック、R《ロメ》001。出る)

発艦申告の声が無線を走ると同時に、ノーム隊長の《リゼル》一番機がカタパルト・デッキを滑り出す。そのスラスター光をオールビューモニターの一画に捉《とら》えつつ、リディは操縦桿《そうじゅうかん》を握りしめた。

「リディ・マーセナス、ロメオ008。行きます!」

カウントダウン表示が0を指す。骨から肉を削《そ》ぎ落とすようなGが全身にのしかかり、足もとを流れるカタパルト・デッキがたちまち終点に差しかかる。リディはフットペダルを踏み込み、《リゼル》八番機を《ネェル・アーガマ》から飛翔《ひしょう》させた。艦の真下に広がる廃墟《はいきょ》——破壊されたスペースコロニーの街並みが眼下を行き過ぎ、二秒と経たぬうちに暗黒の虚空へとスライドする。

内側からの圧で破砕したのだろう。砕けたウエハースに見えるコロニーの破片は、一面にかつての街並みを密生させ、真空のゴーストタウンといった様相を呈している。一キロ四方の大きさといい、滞留する瓦礫《がれき》の量といい、《ネェル・アーガマ》が隠れるのに適した条件を備えていたが、ゴミに埋《うず》もれた白亜の船体を見るのはあまり気持ちのいいものではなかった。遠くから見渡すと、まるで枯れ葉の裏にしがみつく昆虫かなにかに見えてくる。

周辺には同様の破片が大小取り混ぜて漂《ただよ》い、直径百キロに及ぶ塵《デブリ》の集落を押し拡げて、暗礁宙域内にひときわ密度の濃い暗礁を造り出している。一年戦争の緒戦を飾った史上最大の艦隊戦、ルウム戦役の際に破壊されたコロニーの成れの果てだ。大量破壊兵器の使用を禁止した南極条約が締結される以前、地球連邦とジオン公国が正面からぶつかりあったルウム戦役では、悪名高い核バズーカでいくつものコロニーが潰滅《かいめつ》させられたと聞く。ある日突然、瓦解《がかい》する人工大地とともに真空に投げ出された人々に、己の死を理解する暇はあったのだろうか？　ふと考え、ぞくりとした寒気を覚えたリディは、軽く頭を振って正面に目を戻した。

目の前には、この破壊を為《な》した者たちの後裔《こうえい》――『袖付《そでつ》き』と仇名《あだな》されるネオ・ジオン残党軍が迫っている。（敵味方識別信号《IFF》、レスポンドなし。相対速度変わらず）と無線の声が走り、ホマレ中尉の《リゼル》四番機が傍らに並ぶのを見たリディは、加速を終えた自機のコンディションをざっと確かめた。熱核反応炉の調子は良好。大型火器のビームランチャーを装備しているので、いつもより機体が重い。フットペダルの踏み込み、姿勢制御バーニアの出力ともども、ビームライフル装備時の一・五割増しで対応することとする。

(ロメオ001より各機。フォーメーションD《デルタ》。デブリを効果的に使え)

先頭を行くノーム隊長機がメイン・スラスターを噴かし、目標の前面に進出する。リディ機とホマレ機は散開し、三角陣を形成した《リゼル》が暗礁宙域を飛ぶ。密集するデブリと衝突する危険があるので、ウェイブライダー形態への変形は行わない。三機のモビルスーツが小刻みにバーニアを閃《ひらめ》かせ、適当な大きさのデブリと相対速度を合わせると、即時射撃位置に保持した手持ちの火器を接近する目標に向ける。

(接近中の船、応答せよ。こちらは連邦宇宙軍ロンド・ベル所属、《ネェル・アーガマ》。貴船の所属を明らかにし、ただちに停船せよ。貴船は本艦の防衛線に侵入している)

ミノフスキー粒子を散布していないため――デブリが互いの姿を隠す暗礁宙域ではその必要がない――、オペレーターの声がいつもより明瞭《めいりょう》に聞こえる。ミヒロではない、ボラード通信長の声。例の民間人たちの面倒を任されたミヒロは、当直から外されているらしい。頭の片隅で考えながら、リディはビームランチャーの安全装置を解除した。差し渡し三十メートルほどの岩塊を楯《たて》にしつつ、照準を目標に重ね合わせる。

絶対防衛線に接触するまで、あと十キロ弱。目標の動きに変化はない。デブリと見分けがつかないほどの遅々とした歩み、直線的な動きだが、熱源は探知されている。十六年も昔の戦争で生み出されたデブリに、いまだ熱が滞留しているなどという冗談はない。

「テロリストどもが、石っころになりすまそうったって……」

口中に呟き、リディは操縦桿の引き金《トリガー》に指をかけた。《リゼル》のマニピュレーターが連動し、身長に匹敵する大きさのビームランチャーをぐっと前方に突き出す。まずは鼻先に威嚇射撃、即座に移動してノーム隊長機の援護に入る。頭に叩《たた》き込んだ攻撃要領を再確認し、照準内の目標を睨《にら》み据えた時、（待て）とノームの声が弾けた。

攻撃機《オフェンス》を務めるノーム機が、デブリから離脱して前に出る。いつでも撃てる態勢を維持したまま、リディは光学センサーで捕捉《ほそく》できる距離まで近づいた目標を凝視した。オールビューモニターの一角に拡大ウインドが開き、粒子の粗い映像にCG補正がかかる。大きさは五十メートル弱、目標の形状は――。

「なんだ……？」

トリガーにかけた指先が、ぴくりと震えた。

※

「ゴミだぁ？」

戦闘配置を令してから、六分と三十秒。出撃したモビルスーツ隊からの一報に、オットー・ミタスは思わず聞き返していた。「そう言ってます」とレイアム・ボーリンネア副長が冷静な声を返す。

「サラミス級の残骸《ざんがい》と推定。予備電源が生きていたらしく、熱源センサーが未確認機《アンノン》と誤認したようです。周辺に敵影なし。生存者の痕跡《こんせき》も認められず」

「認められてたまるか。十年以上も前に沈んだ艦だろうが」

センサー長の報告に毒づきながらも、オットーはほっと息をついてヘルメットの接合ファスナーを緩めた。ルウム戦役の亡霊が、他のデブリと衝突するかなにかして漂い出し、《ネェル・アーガマ》のセンサー圏内に迷い込んできたのだろう。アンノンと誤認する原因になった予備電源は、衝突のショックで作動したものと見てまず間違いなかった。

レイアム副長らもヘルメットを外し、ノーマルスーツの襟元に風を入れる仕種《しぐさ》を見せる。艦橋構造部の最上部、馬の頭に似た形状を持つ《ネェル・アーガマ》のブリッジは、その外観から想像されるほど広くはない。せいぜい十メートル四方の空間の中央、やや艦尾よりにオットーが収まる艦長席が置かれ、両サイドには側壁のパネルに向き合う通信とセンサー要員の席がひとつずつ。前方には左から航法、操舵《そうだ》、砲雷を司る各座席が並び、それらの頭上にメイン・スクリーンと多面モニターが並ぶ。窓はブリッジを半周する形で設けられ、ミノフスキー時代の航宙艦に相応《ふさわ》しい視認性を確保していたが、これは放射線のみならず、ビームの熱をも遮断する超剛プラスチック製の代物だ。ブリッジは、この四重に張り合わされた分厚い透明板に前面を覆われており、うしろ半分も強固な多重耐弾装甲に守られている。結果、戦闘時であってもシャッターを下ろす必要がなく、肉眼で外の光景を捉えることができる反面、外殻の厚みに圧迫されて狭くならざるを得なくなっていた。通常ブリッジと戦闘ブリッジは分けて建造するのが主流の昨今、旧式の観は否めない《ネェル・アーガマ》の構造だが、一年戦争時の艦艇にはその程度の防護措置を施す技術も余裕もなかった。正面のメイン・スクリーンを見上げ、船体の三分の二をごっそり失ったサラミス級巡洋艦の残骸を確かめたオットーは、少しぞっとする思いで焼け焦げた艦首を凝視した。

機関部に直撃を食《く》らい、内部からの誘爆で瞬時に破砕したのだろう。あれでは脱出できた乗員はひとりもいなかったに違いない。「まったく……。ここいらのゴミは、あらかたさらったんじゃなかったのか?」と独りごちつつ、オットーはスクリーンから目を背けた。祖母なら胸の前で十字を切るところだが、信仰を持たない身には一瞬の黙禱《もくとう》を捧《ささ》げるのが精一杯だった。

「あんなものでも、ジャンク屋の連中にはひと財産だ。教えてやって、分け前に与《あずか》るか?」

寒気をごまかすために、艦長らしい鷹揚《おうよう》さで言ってみる。期待した追従笑いはどこからも起きず、航法席に収まるレイアムだけが厚ぼったい瞼《まぶた》をちらと動かすのが見えた。縦幅も横幅もオットーを凌駕《りょうが》する齢《よわい》四十の大女は、例によってにこりともしない顔でこちらを注視したあと、取るにも足らんといった風情でコンソールに向き直る。深々と吐いた鼻息で間を取り繕ったオットーは、「アラート解除、部署復旧。モビルスーツ隊を帰艦させろ」と疲れ気味に命じた。

ボラード通信長が全艦通達に取りかかる中、「いいんですか？」とレイアムが再びこちらを見る。奇妙に迫力のある能面に気圧《けお》され、「なにか問題があるか？」と返すと、化粧など知らないといった顔がじっとオットーを見つめ、またなにも言わずに正面に向き直っていた。なんなんだ、いったい。もはや吐くべき鼻息もなく、オットーはヘルメットをぬいで天を仰いだ。

艦長が見る悪夢は一に艦の喪失、二に反りの合わない隊司令を自艦に座乗させることだと言われるが、もうひとつ、煮ても焼いても食えない大女が副長になること、というのも付け加えたいとオットーは思う。目覚ましい武勲もコネもなく、序列に従ってようやく拝命した艦長職だが、艦が取り回しの悪い規格外品であることはまだしも、このレイアム副長の存在はどうにも神経に応《こた》える。呼吸が合わないこと夥《おびただ》しい……というより、向こうに合わせようという気がまったくないのだ。よくも悪くも職人肌で、ともすればその寡黙な存在感が艦長を圧倒し、ブリッジの空気を支配してしまうこともある。当人なりに気を遣っている気配もないではないが、もとより起伏の乏しい表情は泰然とした迫力を醸し出し、『レイアム艦長、オットー副長』というクルーの陰口を招来する原因になっていた。

実際、危険予測に関しては動物的な勘が働く節があり、艦の安全を一義とする実直さも折り紙つきなので、無下に遠ざけるわけにもいかない。早々に年次異動がかかることを期待するのみだが、今次作戦の惨憺《さんたん》たる結果があればどうなるか。いや、まだ生きて帰れる保証すらないのだと思い直し、オットーはしばし暗澹《あんたん》とした気分を漂った。

戦闘が起こって以来、参謀本部が寄越《よこ》した指示は「待避」と「待機」の二つのみ。マスコミが殺到する前に〈インダストリアル7〉を離れろ、増援が来るまで待機せよと伝えてきただけで、あとはなんの音沙汰《おとさた》もなかった。艦載戦力の大半を喪失し、なお敵は健在となれば、言われなくとも待避行動を取るしかない。とりあえず暗礁宙域の奥深く分け入り、隠《かく》れ蓑《みの》になるコロニーの残骸にへばりついたものの、それから半日以上も放っておかれる時間が続いているのだった。

待避ポイントはL1基準座標で伝えてあるから、援軍がこちらを見つけられずにいるという話はない。増援の遅延は、今次作戦の特殊性と、その結果がもたらした予想外の被害について、上層部間の〝調整〟が紛糾しているためと見るのが正しい。ロンド・ベル司令部と連絡が取れれば、とオットーは思った。有事即応のロンド・ベル艦隊は、すでに警戒活動を開始している。友軍の窮状を知れば、参謀本部の判断を待たずに救援を寄越してくれるだろう。しかし参謀本部の直轄部隊として隠密《おんみつ》任務に従事している以上、所属原隊と連絡を取ることはかなわず――。

畢竟《ひっきょう》、打つ手なし。堂々巡りの思考に疲れ、この数時間で一段と薄くなったと思える頭に手をやった時だった。背後の自動ドアからダグザ・マックール中佐が入ってくるのが見え、オットーは慌ててシート脇に引っかけた艦長帽をかぶった。

一見してエコーズとわかるダークブラウンのノーマルスーツを身に着け、ヘルメットを外した顔を左右に動かす。それだけで状況を把握したらしいダグザは、「デブリを誤認、ですか？」と細い目をこちらに注いだ。慇懃無礼《いんぎんぶれい》な声に、「見ての通りだ」とオットーも無愛想に応じる。

「敵でなくて幸い……。もっとも、味方の気配も一向にないがな」

最後は嫌みのつもりで、オットーは言った。エコーズの足代わりにされたことが、すべての元凶である事実は動かない。しがない運び屋の艦長からすれば、エコーズも上層部も同じ穴のムジナというところだったが、ダグザは意に介した様子もなかった。左腕を固定した長身を艦長席の脇に立たせると、「味方はともかく、敵は必ず来ます」と無表情に言う。

「こちらと違って、『袖付《そでつ》き』の目的はシンプルです。シンプルな敵は、動きも早い」

レイアムがじろりと険悪な視線をダグザに向ける。エコーズに対する反感はクルーの誰もが同じだが、動物的な勘に障るところがあるのか、彼女は出港当時から人一倍ダグザを敵視している節がある。なんでこいつがここに？　と言いたげなレイアムの視線をよそに、「例の『箱』か……」とオットーはため息混じりに言った。

「ええ。連中は、我々が『箱』を回収したと思っています」

「なぜそう言いきれる？」

「否定する材料がありません。敵も消耗しているとはいえ、あの四枚羽根のモビルスーツは健在です。可能性がある以上、実力をもって確かめに来るでしょう」

レイアムのみならず、ブリッジにいる全員がぴくりと反応する気配が伝わる。サイコミュを装備した化け物のような敵機に対して、現状の戦力で太刀打ちできないことは誰もが承知している。言わせておく気か、と非難するレイアムの目に睨《にら》まれたオットーは、「のんびり増援を待っていられる時ではない、と言いたそうだな」と先回りの言葉を並べた。

「そうです。敵に発見される前に、単艦突破でこの宙域を離れた方が賢明かと」

「本部の命令を無視しろというのか？　そんなこと……」

「現場指揮官の裁量範囲内です。艦と乗員の安全を考慮した艦長の独断は、武器防護の観点からも追認されます」

鉄壁の論理に、艦長らしく取り繕った言葉が出せなくなった。ダグザは、「一刻も早く〈ルナツー〉に回航すべきです」とたたみかけてきた。

「回収したガンダム・タイプは、『箱』に関係している可能性が高い。参謀本部もそれを望んでいるはずです」

その報告は確かに本部にも届いている。「しかし……」とオットーは目を泳がせた。ここで押し切られては立場がない。なにか反論せねばと焦る間に、「賛成ですな、艦長」と別の声がブリッジ内に響き渡った。

「ただし、行き先は〈ルナツー〉じゃない。月だ」

言いながら、アルベルトは断りなくブリッジに足を踏み入れてきた。ノーマルスーツを着てさらに膨らんだ体を艦長席の脇に立たせ、反対側に立つダグザをちらと一瞥《いちべつ》してから、「地球を挟んで反対側の〈ルナツー〉と違って、月は目と鼻の先だ。その方が簡単でしょう？」と暑苦しい作り笑いを浮かべる。勝手に入ってきては困る、とオットーが口を開くより早く、「そうとも言いきれません」とダグザが冷静な声を出し、両者の戦闘の幕は切って落とされた。

「月に向かうことは敵も予測している。航路上で待ち伏せされる可能性を考慮すれば、多少遠回りでも〈ルナツー〉に針路を取った方がいい」

「宇宙は広い。そうそう待ち伏せができるとは思えんし、残った戦力で突破できるのではないかな？」

「暗礁宙域内の航路は限られています。それに三分の二の戦力喪失は、軍事的には壊滅と規定されます。強行突破ができる状況ではありません」

「なら、〈ルナツー〉に行くのも無理ということじゃないか。例の《ガンダム》を本部に持ち帰りたくて、ダグザ隊長はいささか焦っておられるようだ」

「増援が望めなければ焦りもします。今次作戦では、軍の指揮系統に民間からの圧力がかかっているようですから」

「言い訳に聞こえるな。どんな命令でも遂行するのが軍人の務めだろう？　作戦の失敗まで我々の責任にされてはかなわん」

「ですから、軍人として進言しているのです。単艦でこの宙域を突破し、〈ルナツー〉に回航する。他に今次任務を達成する道はありません」

「任務とはなんだ。『箱』がネオ・ジオンの手に渡るのを阻止することか？　それともこの機に『箱』を手に入れて、軍で独占することか？」

「そういうアルベルトさんは、『箱』を月に持ち帰ってどうなさるおつもりです。元通り、アナハイムとビスト財団の共有金庫にしまい込むのですか？」

艦長を蚊帳《かや》の外にした綱引きは、そこで一瞬の中断を得た。すかさず反論の口を開きかけたアルベルトを封じ、「いい加減にしないか！」とオットーは怒鳴りつけた。

「ここはブリッジだ。議論の場ではないし、部外者が勝手に出入りしていい場所でもない。作戦中はエコーズが好きにやるのを認めたが、送り迎えまで口出しされる謂《いわ》れはないぞ、ダグザ中佐」

口を閉じ、無言で引き下がったダグザはさすがに大人だった。一方、アルベルトは相手をやり込めた得意気な顔で、オットーは「アルベルトさん、あなたもです」と釘《くぎ》を刺さねばならなくなった。

「隠密作戦であっても、本艦の活動権限はテロ特措法《とくそほう》に裏付けされている。援軍の到着が遅れているのは、単に手続きの問題であって、『箱』がどうこうという話ではありません。民間のオブザーバーという立場をお忘れなく」

希望的観測であることは百も承知で、オットーはぴしゃりと言いきった。「ならいいのですが……」と、アルベルトは馬耳東風の面持ちでたるんだ頰を掻《か》く。

「現在の《ネェル・アーガマ》は、参謀本部直轄に供出された臨時独立部隊。テロ特措法の範疇《はんちゅう》で、連邦議会の承認なしに動かせるぎりぎりの戦力なのでしょう？　正規の部隊を動かす手続きに、どれくらいの時間がかかるものか……。オブザーバーとしては、やはり月に向かうことをお勧めしたいですな。艦長が詰め腹を切らされるような事態を避けるためにも」

「ロンド・ベルは対処行動に入っているでしょうが、参謀本部が意図的に情報を下ろしていない可能性はあります。連続テロを警戒しているだけで、ロンド・ベルは我々がここにいることさえ知らないかもしれない。〈ルナツー〉に戻り、参謀本部の指示を仰ぐのが適切かつ賢明な行動だと思いますが？」

アルベルトの尻馬《しりうま》に乗る格好で、ダグザが重ねる。「艦長はわたしだ！　艦の運用については――」と声を荒らげたオットーは、唐突に鳴り響いたアラートの音に先の言葉を呑《の》み込んだ。

全員がぎょっと身構える中、レイアムがいち早くセンサー席に向かう。「どうした!?」と怒った勢いのまま質《ただ》したオットーは、「また誤認です。先刻の残骸《ざんがい》が速度を落とした模様」と返ってきたセンサー長の声に、呆気《あっけ》に取られた。

「内部に溜《た》まっていた冷却剤かなにかが噴き出したんでしょう。熱源も不安定です。識別条件の設定は困難かと」

アラート復旧の指示を出してから、レイアムが落ち着き払った声で言う。なにかの偶然で漂ってきたサラミス級の残骸が、なにかの偶然で減速し、対物感知センサーに再度の発報を促したのだった。オットーは嘆息を堪《こら》え、「相対速度は」と問うた。

「0コンマです。直上に張りつかれました」

メイン・スクリーンに、艦の直上にぴたりと固定した残骸が映し出される。速度も熱量も不安定となれば、サラミス級の残骸は変動のたびにアンノンと誤認される。早々にセンサー圏外に移動してくれることを祈るのみだが、よりにもよって相対速度が一致してしまうとは。「ルウムの亡霊に取り憑《つ》かれたか」と、他人事《ひとごと》のように呟《つぶや》いたアルベルトを横目で睨みつけたオットーは、肘《ひじ》かけを握りしめて深く息を吸い込んだ。艦長たる者、みだりに怒鳴り声をあげるべきではない。落ち着け、と爆発寸前の胸中に唱えてから、「モビルスーツ隊に排除させろ」と極力抑制した声で令する。

「あの大きさなら押し出せるはずだ」

「帰艦していますが」

もとより落ち着いているレイアムが言う。「なに？」

「艦に戻っています。そういうご命令だったので」

だから聞いたのに、と表情のないレイアムの目が言っていた。ぐっと唇を噛《か》み、わかるように言いなさいよ、とオットーが内心に言い返す間に、「もう一度、出撃を令しますか？」とボラード通信長が口を開く。ダグザがあらぬ方に目を背け、アルベルトが含み笑いを漏らすのも見たオットーは、数秒前の自戒も虚《むな》しく、「だったら主砲で撃ち落とせ！」と怒鳴ってしまっていた。

「は……」と応じかけた砲雷長の視線が、こちらを素通りしてレイアム艦長の方に注がれる。「復唱はどうした！」とオットーは怒声を押しかぶせた。

「は、主砲発射準備。ブリッジ指示の目標……」慌ててコンソールに向き直った砲雷長が、砲術室へ指示を飛ばし始める。オットーは熱い鼻息を噴き出し、艦長席に腰を据え直した。レイアムが物言いたげな目をこちらに向けていたが、かまうものか。艦長は自分だ。副長の顔色に左右されることなどあってはならないし、よその部隊や民間人に意見される謂《いわ》れもない。艦にとって、艦長は神にも等しい絶対権力者であらねばならないのだ。それが海軍時代から続く艦乗《ふなの》りの伝統、誇りではないか。

とはいえ、主砲の使用は短絡的だったか？　弱気の風に背中をなでられた瞬間、「前部主砲、発射準備よし」と砲雷長の報告が弾け、オットーは生唾《なまつば》を飲み下した。ダグザとアルベルトも見ている。命令を撤回して、これ以上なめられるわけにはいかない。悲壮な決意を固めるとともに、「発射用意！」の一声を搾《しぼ》り出した。

「撃てっ！」

※

戦艦クラスが装備するメガ粒子砲は、モビルスーツが使うビームライフルとは出力の桁《けた》が違《ちが》う。敵艦から放たれたらしいビームの線条は、細い糸屑《いとくず》ほどの光になって肉眼にも映えた。直撃を受けたサラミス級の残骸が爆光に包まれ、四散する様子も、小さな光点の瞬きとなってマリーダ・クルスの目に届いていた。

（ドンピシャ。ご丁寧に艦砲射撃までしてくれた。これで敵さんの位置はばっちりです）

ギルボア・サントが、無線ごしにも弾んでいるとわかる声をブリッジに響かせる。マリーダは操舵《そうだ》席の後方に体を流し、窓外に広がる闇の虚空をあらためて見つめた。この《ガランシェール》の前方、約九十キロの位置に進出したギルボアの《ギラ・ズール》は、機体のセンサーをフル活用して敵艦の潜伏宙域を観測している。相対距離二百キロ弱の位置からなら、ビームと爆発の光はより明瞭《めいりょう》に確認できただろう。観測状況が良好であれば、敵艦の正確な座標も割り出せたかもしれない。

手頃な残骸に熱源を持たせ、敵艦が潜り込んだと思われるデブリ群に向けて放逐《ほうちく》。アンノンと誤認した敵艦が艦載機を発進させれば、その出現位置から敵艦の所在をつかむことができる。暗礁宙域を庭とする『袖付《そでつ》き』のこと、だいたいの当たりから詳細なポイントを絞り込むのは困難な作業ではなかったが、敵艦は不用意にも主砲を撃ち、こちらの手間を省いてくれた。「よし、ギルボアは帰投しろ」と発したスベロア・ジンネマンの声をよそに、どういう敵なのか……とマリーダは内心に自問した。

実戦に不慣れな部隊であることは、〈インダストリアル7〉での経緯からも想像はつく。日々の訓練をこなすのが仕事のすべてになっている、ありきたりの連邦の艦……なのだろうが、だとしたらこの奇妙な圧迫感《プレッシャー》は——。

「レーザー通信可能域まで移動。《レウルーラ》に一報する。〈インダストリアル7〉の方に動きは？」

「月から来た船が出入りしているだけです。サイド2も救援に乗り出したようですが、駐留部隊の動きは聞こえてきません」

ジンネマンの問いに、ギルボアに代わって航法士席に着いたクルーが応じる。光学監視装置による望遠映像と、切れ切れに入る長距離無線の声、ノイズ混じりのニュース放送が情報源のすべてで、彼はこの数時間、ひたすらヘッドセットに手を当て続けている。「見捨てられたかな、あの艦は」と、操舵席に収まるフラスト・スコールが言っていた。あれから半日以上が過ぎ、民間の救援活動まで開始されているのに、連邦軍の増援が一隻も来ないのは尋常なことではない。「汚れ仕事で下手を打ったんだ。いないことになってるんだろうさ」と相手をしたジンネマンの声を背に、マリーダは虚空に意識を凝らし続けた。

漂う無数のデブリが遠い太陽光を宿し、色の飛んだ白色光を点々と閃《ひらめ》かせる。見慣れた暗礁の宇宙。強烈なコントラストの歪《いびつ》な星屑《ほしくず》たち。その向こう、コロニーの残骸が集落を作る奥で、重い〝気〟が息を潜めている。戦場で感じるような、突き上げて流れ込んでくる類《たぐ》いの〝気〟ではない。存在そのものが発する、獣の息遣いにも似た〝気〟……。

「どうした、マリーダ。なにか感じるのか？」

探る声に背中を叩《たた》かれ、虚空に吸い出されていた意識が体に戻った。船長席の方を振り返り、敏感に気分を読み取ったジンネマン《マスター》の目を見返す。こちらは増援が約束されているとはいえ、任務をしくじり、孤立無援で待機する《ガランシェール》の立場は敵艦と変わるところがない。センサーとして当てにされている我が身を顧み、聞き耳を立てるフラストたちの気配も感じ取ったマリーダは、「いえ。ただ……」と顔をうつむけた。

「姫様は、もう〈インダストリアル7〉にはいない気がする」

自分でも予想外の言葉がこぼれ落ち、マリーダは口を噤《つぐ》んだ。それまで考えもしなかったこと――だが、感じてはいたことだと言ってから思いつく。敵艦が放つ奇妙なプレッシャーに折り重なり、ふと浮き上がってきた〝彼女〟の印象。そうだ、敵艦に収容されたらしいあの白いモビルスーツと戦った時、自分は〝彼女〟の声を感知したのではなかったか……？

「感じすぎるな」

背後に近づいたジンネマンの手が肩に置かれ、マリーダは微《かす》かに体を震わせた。

「じきに《レウルーラ》があの敵艦に仕掛ける。連中が『箱』を持っていようがいまいが、我々はそのあとで〈インダストリアル7〉に戻ればいい。姫様は必ず見つかる」

触れられた肩が温かかった。そう、考えるのは自分の仕事ではない。この温かい手、背後でじんわりと熱を放つ人ひとりに付き従っていればいい。「了解。マスター」と小さく応《こた》え、マリーダはつかのま体の力を抜いた。弛《し》緩《かん》した体を腕一本で受け止めながら、ジンネマンは強《こわ》い顎《あご》髭《ひげ》をごしりとなでた。

「まずはフル・フロンタルのお手並みを拝見といこう」

※

「《ガランシェール》から一報だと？」

ドアをくぐるなり、アンジェロ・ザウパーはブリッジ中に響き渡る声で質していた。艦長席に収まるヒル大佐が不快げな目を寄越《よこ》し、「お陰で目標のＬ１基準座標が割り出せた」と仏頂面で応じる。

「コロニーの残骸《ざんがい》にへばりついているらしい。周囲に他の敵影はなし。あと三時間で射程圏内に捕捉《ほそく》できる」

「予想通りだな。連中は孤立している。隠密作戦に失敗した者の末路は、ああしたものだ」

にやと口もとを緩め、艦長席の背もたれに手をつく。無礼とされる行為だが、かまうつもりはなかった。艦を守ってもらう都合上、艦載機のパイロットには階級を無視した越権的な言動が容認される空気があるが、中でもフロンタル親衛隊は特別だ。苦虫を噛み潰《つぶ》した顔の副長を尻目《しりめ》に、アンジェロは天井付近の航法用スクリーンに視線を移した。

Ｌ１の共鳴軌道に沿って弧を描く暗礁宙域の一画に、目標を示す輝点が点滅している。座標は〈L1+02373・E39034・N44393〉。距離も速度も相対として捉《とら》えるしかない宇宙空間だが、地球と月、両者の重力均衡点という不変の位置関係を基準とすれば、少なくとも軌道上の絶対座標は設定することができる。目標捕捉まで、現状速度で三時間。加速をかければ到達はさらに早まるが、暗礁宙域内で船脚を上げすぎるのはおもしろくない。ユニバーサル仕様より詳細な自前の暗礁海図を使っていても、すべてのデブリを回避するというわけにはいかず、いまも砂粒ほどの宇宙塵《じん》が刻々と船体に衝突しているのだ。ヒル艦長の判断に問題はないと判じたアンジェロは、十人からのオペレーターが勤務するブリッジをざっと眺めてみた。

進宙から五年と経っていない《レウルーラ》のブリッジは、まだ新品の部類に入る。特にこの通常ブリッジは展望がよく、広々としているところがアンジェロの気に入っていた。特徴的なのは二層分をぶち抜いた天井の高さで、航法士席はクレーンに支えられて中空に張り出し、艦長らの頭上でオペレートを行う構造になっている。一枚構造の窓を前面に配置して視界をよくする一方、三次元空間を効率的に使う配慮がなされているわけで、戦闘ブリッジを別途設ける構造ともども、ミノフスキー時代に対応した建艦思想のひとつの極致と言えた。

船体の形状も特徴的だ。上面から見れば細長い二等辺三角形を描く船体は、曲線を多用した生物的なフォルムを有しており、両舷《りょうげん》に六基ずつ装備した球状の推進剤タンクが卵のように見える。旧ジオン公国軍が建造した大型戦艦、グワジン級の意匠を引き継いだ直系艦と言っても間違いではないが、真紅の船体色に関しては、シャア総帥の座乗艦であったという事情が強く作用していた。

『シャアの反乱』とも呼ばれる第二次ネオ・ジオン戦争において、軍の総帥を務めたシャア・アズナブル――ジオン・ダイクンの遺児にして、かつて連邦を震え上がらせたジオンの赤い彗星《すいせい》。彼が座乗する艦隊旗艦は、赤く塗粧《とそう》されなければならなかった。ジオンの子が雌伏の時を終え、地球連邦に鉄槌《てっつい》を下すべく起《た》ったのだと知らしめるために、《レウルーラ》は赤である必要があったのだ。

激戦の末、ネオ・ジオン軍は敗退し、シャア総帥も行方知れずとなったが、痛み分けと言っていい幕切れであった。連邦の一線を張ったロンド・ベル艦隊も壊滅的打撃を受け、残存するネオ・ジオン艦隊には逃亡の隙《すき》が与えられた。暗礁宙域に逃げ込んだあと、残った戦力で特攻をかけるべきとする意見も出るには出たが、カリスマたるシャア総帥を失ったネオ・ジオン軍は烏合《うごう》の衆に等しかった。生き残った者たちの大半は各個に艦を離れ、ほとんど抜け殻になった艦隊は廃墟《はいきょ》同然の資源小惑星に落ち延びた。そして朽ち果てるのを待った――『シャアの再来』と呼ばれるあの方が現れ、ネオ・ジオンに三度の決起を促すまでは。

それから、じきに二年。《レウルーラ》は往時の生気を取り戻し、いまは『袖付き』と仇名《あだな》される新生ネオ・ジオン軍の旗艦として機能している。艦長を始め、クルーの内実は一新されたが、下士官連の中には出戻りの者もいるかもしれない。そのへんの事情は詮索《せんさく》しても始まらないし、する気もないとアンジェロは思っていた。

一度は逃げ出したはずが、勢いを盛り返したと知るや、のこのこ戻ってきた連中だ。ダイクン派だ、ザビ派だと相争い、離合集散をくり返してきた原理主義者たちも含めて、取るに足らない存在だとアンジェロは思う。新生ネオ・ジオン軍に必要なのは、若い情熱と新鮮な血だ。敗北の歴史に囚《とら》われず、純粋に革命を指向する若者こそが中核になるべきなのだ。あの方はそれを認めてくれている。持って生まれた高貴さと才能をもって我々を導き、ジオンの理想を、宇宙移民者《スペースノイド》の真の独立を実現しようとしておられる。その手に世界を担わされた者の苦しみと孤独は、しょせんは頭数でしかない凡俗どもには理解できまい——。ちらちらと異物を見る目を向けてくるブリッジ要員らを見渡し、額に垂らした前髪をかき上げたアンジェロは、「我々は出撃準備に入る」とヒル艦長に告げた。

「戦闘は十分で終わらせる。艦長たちはここで見物していればいい」

「ありがたい話だが、そう簡単にいくか？」

ヒルの小姑《こじゅうと》めいた口調に、アンジェロは返しかけた踵《きびす》を止めた。

「連邦だって、暗礁宙域の光学観測ぐらいはしている。我々の動きも捕捉しているはずだ。普段なら見過ごしてくれるところだが、今回は『ラプラスの箱』とやらが関係しているのだろう？　回収にマンハンターが動員されるほどの機密なら、我々の接近は敵艦に通報されているかもしれない」

「連邦はそれほど臨機応変ではないよ。隠密に動かせる戦力には限りがある。今頃は対応を決める話し合いが持たれているだろうさ。責任を取りたくない責任者たちの間でな」

「だといいがな」

「増援の気配はないんだろう？　請け合うよ」形ばかりの笑みを浮かべ、アンジェロはドアの方に体を流した。「だいたい、連中がそれくらいマメなら、我々はとっくに殲滅《せんめつ》されている。完全な平和の中で機能するほど、人類の経済体制は磐石《ばんじゃく》ではないからな」

「億単位の失業者を抱えることを考えたら、たまにテロが起きるくらいどうということはない、か？」

「そういうことだ。だから、腐った世界は変える必要があるのさ。次の百年を人類が生き延びるために」

ヒル艦長は微かに目を細めただけで、無言を返事にした。青いな、と言っている背中に、憶《おぼ》えておこう、と胸中の声を返し、アンジェロはブリッジをあとにした。


モビルスーツ・デッキに下りると、密閉空間にこもった油の臭いや人いきれ、過熱した電気コードの臭いが一斉に吹きかかってくる。制服に香らせたオーデコロンが殺されるのを気にしつつ、アンジェロはキャットウォークを蹴《け》って広大なデッキに漂い出た。

《レウルーラ》が搭載するモビルスーツの数は十二機。横に長いがらんどう状の空間に、整備用ハンガーが六台ずつ向き合う形で置かれ、主力機たる《ギラ・ズール》が各々のハンガーに収まる姿がある。全体のシルエットは公国軍のザク・タイプを引き継ぐものだが、その手首に相当する部位には袖《そで》飾りのようなマーキングが施され、色とデザインから所属部隊が判じられるようになっている。新生ネオ・ジオン軍が『袖付き《そでつ》』と仇名される所以《ゆえん》で、隊長機を示す頭部のブレードアンテナはもちろん、ショルダーアーマーも所属や階級に応じて換装する自由度が設けられており、量産機らしからぬ個性が演出できる機体になっていた。

中でも際立っているのは親衛隊機だ。アンジェロは、デッキの一画に並ぶ三機の親衛隊機の方に体を流した。両肩にスパイク・アーマーを装備し、固定シールドは排除した攻撃的なシルエット。背部に備えた二基のブースト・ポッドは、両肩の上に張り出すほど巨大な代物で、天使の羽根を想像させないでもない。他方、やはり背部に備えられた推進剤タンク兼スタビライザーは、尻尾《しっぽ》さながら後方に突き出しており、全体的な印象は悪魔と言った方が相応《ふさわ》しかった。赤い彗星を守護する猛々《たけだけ》しき悪魔——。

殊に、隊長機たるアンジェロの機体は、全身に紫を基調とする独特のカラーリングが施され、濃緑色に塗られた他の機体の中で異彩を放っている。自機の整備状況を確認しながら、アンジェロはハンガーの脇にあるプラットフォームに向かった。機付長らが備品のチェックを続ける中、親衛隊に所属する二人のパイロットが目敏《めざと》く挙手敬礼をする。すらりとした長身に金髪が見栄えのするキュアロン中尉と、緑がかった瞳《ひとみ》が涼しいセルジ少尉。どちらも二十代前半の士官で、親衛隊の青い制服がよく似合う。この二人に予備要員、機付の整備兵らを併せても三十人に満たないのがフロンタル親衛隊の陣容だが、装備と訓練には特権的な優遇措置が認められており、全軍から選《え》りすぐった隊員たちの実力は一騎当千に値する。プラットフォームに足を着けつつ、「出撃は三時間後だ。それまでは待機」とアンジェロは告げた。キュアロンとセルジはそろって踵《かかと》を合わせ、「は、アンジェロ大尉」と唱和する。

「セルジ少尉は、今日が親衛隊としての初陣だったな。どうだ、我が隊の《ギラ・ズール》は」

「は！　思った以上に長距離支援に特化した機体のようですが、慣れます。親衛隊に引き上げていただいたご恩は、忘れません」

「気負うなよ。実力主義はジオンの伝統だ。いつも通りにやってみせてくれればいい。……もっとも、今日はその間もないだろうがな」

キュアロンが含み笑いを漏らす横で、セルジは怪訝《けげん》そうに眉《まゆ》をひそめた。アンジェロは前髪をかき上げ、「今日は大佐が出撃をする。我々の仕事はないよ」と教えてやった。

「……どういう意味でしょうか？」

「始まればわかる」

ふっと口もとを緩めてから、アンジェロは背後の整備兵に視線を移した。「フロンタル大佐が出られる。モビルスーツ・デッキの空気はぎりぎりまで抜くな」と命じると、「は、伝えます！」と応じた整備兵の体がプラットフォームを離れてゆく。その姿を目で追ったアンジェロは、デッキの最奥に鎮座する赤いモビルスーツを視界に入れた。《ギラ・ズール》より一回りは大きい真紅の巨人。その腹部にあるコクピットを凝視した時、「噂は本当なのですね」と興奮したセルジの声が耳朶《じだ》を打った。

「大佐は、出撃される時もノーマルスーツを着ないとか」

緑がかった瞳を輝かせ、セルジの顔が『まるで……』と言っていた。まるで、ではない。そのもの、だ。内心に修正しつつ、「ああ。大佐には必要がないのさ」とアンジェロは応《こた》えた。

「戦場に行っても、必ず帰ってくる主義の方だからな」

まだ少年の面差しを残すセルジの顔が紅潮し、その目が赤いモビルスーツに吸い寄せられる。誇らしげに微笑むキュアロンを背に、アンジェロも主《あるじ》を待つ赤い機体に目を向け直した。MSN－06S《シナンジュ》。曲線を多用したジオニズム的な意匠をまといながら、優雅かつ洗練されたフォルムを持つ真紅のマシーンこそ、あの方の乗機に相応しい。連邦を覆す秘密の『箱』を掠《かす》め取り、世界を解放に導く赤い彗星《すいせい》――。刺激的な想像に浸りながら、アンジェロは陶然と微笑んだ。

※

（総員、対空監視部署復旧。通路開け）

艦内スピーカーからくぐもった声が流れる。隣にいる曹長がほっと息をつき、ノーマルスーツのヘルメットをぬぐのを見たバナージは、「終わったんですか？」と尋ねてみた。

「ああ。ぬいでいいぞ」と答えた曹長は、すでにノーマルスーツのファスナーを開いていた。見るからに叩《たた》き上げといった風情の中年の曹長は、艦内の警備を司る警衛隊の下士官で、最先任警衛兵曹と呼ばれる艦の古株らしい。戦闘配置のアラートがかかってすぐ、バナージをここに避難させたのも彼だった。《ユニコーン》が保管されている工場ブロックの近く、ノーマルスーツのロッカーがずらりと並ぶこの部屋には、バナージと彼の姿しかない。

戦闘中は艦内無線がオープンになるため、ブリッジと各部署とのやりとりを聞くことができたが、略語や専門用語が極度に多い会話の内容を理解できたとは言いがたい。敵襲が誤認であったことはどうにか判じられたものの、艦が主砲を撃った理由については謎のままだった。こうしている間にも、（二直要員、交替五分前）（A作業、実施）とスピーカーの声が続き、慌ただしく通路を行き交うクルーの姿が戸口ごしに見える。仕事なんだな、とバナージはぼんやり思った。軍隊といっても、特別なことはなにもない。工員たちが工場の生産ラインを動かすように、この人たちは各々の職能をもって戦艦を動かしている。それだけのことだ——。

「だから、どこに連れて行けばいいんで……はぁ⁉　分隊長のわからないことが、わたしにわかるわけないでしょうが」

部屋の内線電話を耳に当て、曹長が怒鳴っていた。なまじの職能が、想定外の事態への対処を困難にする。みんな、実戦に慣れていないのだ。考えるともなしに考え、ぬいだノーマルスーツをロッカーのひとつに収めようとした時、見知った色と形がバナージの視界を横切って過ぎた。

「ハロ……⁉」

見間違いとは思えなかった。戸口の外を横切った緑色の球体を追って、バナージはロッカールームの外に出た。「おい、勝手に出るな」と怒鳴った曹長に、「あれ、おれのなんです」と返し、戸口脇のリフトグリップを握る。「こら、ちょっと待て！」と電話口から離れた曹長を尻目《しりめ》に、バナージは床を蹴った。

すぐに捕まえられるかと思ったが、ハロは呼びかけにも応えず、ぱたぱたと動く耳を方《ほう》向舵《こうだ》にして器用に角を曲がってゆく。「貴様、待たんか！」と怒鳴る曹長の声を背中に聞きながら、バナージは十字路でリフトグリップをつかみ換え、直角に折れ曲がった狭い通路を移動した。おかしい、ハロがこうも自分を無視するはずはない。誰かが音声コマンドを入力したのかもしれない。あとで消去しない限り、ハロは持ち主と一定時間会話した者を友達と認識し、簡単な指示なら従うようプログラミングされている。艦内で友達と登録されているのは、タクヤとミコット。他には——。

十字路を二回曲がり、さらに先の角を曲がろうとしたところで、ようやく追いつくことができた。自発的に止まったとも思えるハロを胸に抱え、「だめじゃないか、みんなのところにいなくちゃ」と呼びかけると、ちかちかと点滅した目が（ハロ）と答える。ロッカールームに引き返そうとしたバナージは、不意に横合いからのびた手にジャンパーの襟をつかまれた。

そのままうしろに引っ張られ、通路の一端に開いた戸口の中に引きずり込まれる。咄嗟《とっさ》に振り払おうとして、薄闇に閃《ひらめ》くエメラルド色の瞳を目の当《ま》たりにしたバナージは、どくんと心臓が跳ねる音を聞いた。

「バナージ、時間がないわ。よく聞いて」

オードリー、と出しかけた口を塞《ふさ》いで、険を宿したエメラルド色の瞳が早口に囁《ささや》く。

「おい小僧、返事しろ！」と戸口の外を行き過ぎる曹長の怒声を耳にしつつ、バナージはとにかく頷《うなず》いてみせた。オードリーは口に押しつけていた手を離し、電気の消えた倉庫のような部屋の奥にバナージを誘った。

戸口から差し込む光が、空気を孕《はら》んで膨らむ薄紫色のケープをつかのま浮かび上がらせる。なぜ彼女がここにいるのか、ミヒロ少尉たちはどうしたのか。聞きたいことは山ほどあったが、口に出す暇はなかった。ベルトで固定されたダンボール箱の山にバナージを押しつけると、オードリーは息がかかるほど顔を近づけ、「あなた、本当に《ユニコーンガンダム》を動かしたの？」と詰問の声を投げかけてきた。

「ユニコーン……ガンダム？」

知っているのに、知らない響き。据わりがいいような悪いような、奇妙に呪《まじな》いめいた存在感を放つ言葉をおうむ返しにして、それがあのマシーンの名前か、という無条件の納得がバナージの胸中に落ちた。「どうなの」とオードリーは焦《じ》れた声を重ねる。

「そうらしいけど……」

「らしいって――」

「おれにもよくわからないんだよ。なにもかもが突然で、突拍子もなくって……」

眉をひそめたオードリーから目を逸《そ》らし、ダンボール箱の陰が作り出す闇に視線を逃がす。悪夢で見た血まみれの顔がそこに浮かび上がり、バナージは拳《こぶし》を握りしめた。可能性を信じろ、為《な》すべきと思ったことを為せと言う一方、横聞きした無線では戦争商人そのものの口をきいていたカーディアス。アルベルトの露骨な中傷も思い出し、どれが本当のあなたなんだ？　と問いかける間に、「いいわ」と吐息混じりに呟《つぶや》いたオードリーが心持ち体を離していた。

「もう一度、動かせる？」

ひどく冷たい声だった。え？　と顔を上げ、威圧的な光を放つ瞳《ひとみ》に射竦《いすく》められたバナージは、「多分……」と答えていた。

「なら、私とここを出ましょう」

平然とした声に、呑《の》み込んだ息が吐き出せなくなった。意味もなく周囲を見回し、「ここって、この艦《ふね》を？」と聞き返してから、バナージは床から三十センチほど浮き上がっているオードリーを見つめた。オードリーは頷きもしなかった。

「無理だよ、そんな。できっこない」

「乗り込めさえすればなんとかなるわ。この艦の錬度《れんど》はそれほど高くない。特殊部隊の監視さえ出し抜ければ」

言いつつ、オードリーは天井の隅に目を走らせた。そこに設置された監視カメラの存在に気づき、冗談のつもりはない、と言っている目と目を合わせたバナージは、「オードリー……」と震える声を搾り出した。

「いまなら〈インダストリアル7〉に戻れるわ。たどり着けたら、あとは私が機体を処分する。あなたは、私に脅されたってことにしておけば罪にはならないでしょう？」

「でも……」

「あれは危険なマシーンよ。誰にも渡すわけにはいかない。連邦の基地に入港する前に、破壊しないと――」

「ちょっと、待ってくれよ……！」

溺《おぼ》れそうな恐怖に駆られ、バナージは思わずオードリーの肩をつかんだ。宙に浮く体を引き下げ、同じ目線になった瞳を凝視する。オードリーは虚をつかれたという顔で見返してきた。

「なにを言ってるのかわからないよ。あのモビルスーツがなんだって言うんだ？　ちゃんと説明してくれ」

「時間がないわ。詳しいことはあとで話すから……」

「なんにもわからないで決められるわけないだろ！　なんでそんな話し方をするんだよ」

「話し方……？」

「しなければならないとか、そうする必要があるとか、そんな言い方で人を従わせようとするのは狡《ずる》いよ。……だいたい、おれは君には必要のない人間じゃなかったのか？」

それこそ狡い言い方だと思ったが、バナージは言ってしまっていた。誰もが自分の都合を口にするだけで、他人と真から向き合おうとしない。独り言ばかりが飛び交い、取り残された心を虚しくしてゆく。こんな状態でなにが決められる。なにを信じればいい。

不意に腹の底が熱くなり、バナージは口を噤《つぐ》んだオードリーに背を向けた。ダンボール箱に拳を押し当て、「みんな、勝手だよ」と食い縛った歯の奥で呟く。

「君も、ここの連中も。あの人だって……」腹の熱がこみ上げてくる。栓が外れる、と自覚しながら、バナージは目を閉じて次の言葉を搾り出した。「いきなり現れて、父親だなんて……」

「父親？」

「あんなモビルスーツを押しつけて、ビスト家の呪縛《じゅばく》だとか、『ラプラスの箱』だとか……なにがなんだかわからないよ」

息を呑むオードリーの気配が、はっきり伝わった。「まさか、カーディアス・ビストが？　じゃ、あなたビスト家の――」

「知らないよ！　子供の頃に別れたきりで、顔も憶《おぼ》えてなかったんだ。母さんの葬式にも来ないで、いままで会おうともしないで、急にこんな……」

そこから先は言葉にならなかった。外れてしまった感情の栓が見つからない。必死に押さえつけてきた数時間の反動のように、恐怖と怒りと悲哀が交互に腹を突き上げてくる。唖然《あぜん》とした沈黙のあと、「そんなことが……」とオードリーは呟いた。意外とも、なにかを得心しているとも取れる声を背に、バナージは所在なく浮かぶハロに手をのばした。

五歳のクリスマスの時に贈られて以来、修理とバージョン・アップを重ねてきた古いおもちゃは、この時も肌に馴染《なじ》む感触をもって腕の中に収まった。ブームは一年と経たずに過ぎ去り、製造元もアフターサービスを中止して久しいハロ。ジュニア・ハイに進学しても手放そうとせず、壊れるたびに自力で修理してきたバナージに、母はよく呆《あき》れ顔で言ったものだった。

『もうあきらめなさい。ハロだって寿命よ。いつまでも古いおもちゃを連れて歩いてちゃ、おかしいでしょ』

『修理すれば、まだ動くよ。いいじゃないか』

言い返す息子を前に、ハロの贈り主を知る母の心境はどのようなものであったのか。いや、バナージもそれが父からの贈り物であることは察してはいたし、母もバナージが察していることは知っていた。口にこそ出さなかったものの、二人とも隠微な了解事項に基づいてハロを受け入れ、家族のように扱ってきたのだ。なぜいままで持ち歩いていたんだろう。それが見知らぬ父親との唯一の絆《きずな》であったから？　父親に会いたいという感情なんて、持ったためしがなかったのに。

いや――会いたかったのだろう。母の言葉の断片、封印した記憶の断片から稚気めいた想像を膨らませ、勝手な父親像を作り上げていた。『ずれている』現実を埋め合わせ、本当の居場所は別にあると思い込みたいために。いつか胸を張って父に会える男であろうという思いが、故郷のスラムに埋没することを防ぎ、最低限の向上心を自分に与えてくれていた。母が死んだ時、世界中から切り離されたような孤独感に耐えられたのも、そんな気分の張りがどこかにあったからかもしれない。

なのに、現実は――。バナージはハロを手放し、記憶の蓋《ふた》を閉じた。無重力を漂ったハロは、壁にぶつかって目を点滅させ、小さな駆動音を立てて耳を動かした。

「……ずっと昔から、伝説みたいに言われてきたことがあるの」

その音に混ざって、オードリーの声が背中を打つ。バナージは微《かす》かに顔を動かした。

『『ラプラスの箱』が開く時、連邦政府はその終焉《しゅうえん》を迎える』

跳ね上がった鼓動に押され、バナージは背後を振り返った。じっと立ち尽くすオードリーの姿が、闇の中に浮き立って見えた。

「誰でも知ってることじゃない。ただ、社会の中枢と呼ばれるところに足を踏み入れると、どこからともなくそんな話が聞こえてくるの。ビスト財団を畏《おそ》れよ。彼らは『箱』を持っている。財団に与《くみ》する者には栄華が、逆らう者には死がもたらされる……」

まるでオカルト話だった。生唾《なまつば》を飲み込んだバナージをよそに、オードリーは静かに続けた。

「その中になにが入っているのか、誰も知らない。でもそれは確かに実在する。政府から引き出される便宜、目に見えない圧力としてね。もっとも代表的な例はアナハイム・エレクトロニクス。軍需と公共事業を一手に独占している上に、裏でネオ・ジオンと取引をしていてもお咎《とが》めなし。ビスト財団という後ろ楯《だて》がなければ、考えられないことだわ」

我知らず、ジャンパーの胸に手を触れていた。アナハイム・エレクトロニクスのイニシャルがプリントされたワッペンが、この時はざらりとした感触をバナージの指先に残した。

「カーディアス・ビストは、その『箱』を『袖付《そでつ》き』に……ネオ・ジオンに引き渡そうとした。場所は〈インダストリアル7〉、ビスト財団の所有下にあるコロニービルダー。でも連邦軍もそれを嗅《か》ぎつけて、この艦と特殊部隊を送り込んできた。そして……」

あの戦闘が起こった。体がぐらりと揺れたように思い、バナージはダンボール箱の山に手をついた。

「私は、『ラプラスの箱』がネオ・ジオンの手に渡るのを防がなければならなかった。カーディアス・ビストの真意はわからない。でも、いまのネオ・ジオンに『箱』は使いこなせない。連邦を覆すほどの力を手に入れたら、ためらいなく使って戦争を引き起こすわ。それが一年戦争のような全滅戦争になったとしても」

テレビの歴史番組で見た、コロニーが地球に落下した瞬間の映像が思い出された。軌道上のスペースコロニーを減速させ、大質量爆弾に転用するという発想のもとに行われた『コロニー落とし』。ザビ家一党に支配された軍事国家、ジオン公国によって実施されたそれは、大都市を一瞬で消滅させ、大陸の地形さえ変える惨禍を地球にもたらした。特別な技術も費用も必要なく、身の回りのものに少し手を加えただけで引き起こされた未曾有《みぞう》の惨事――。そう、世界を滅ぼすのはそれほど難しいことではないのだと、バナージは急に思いついた。

ちょっとした発想と、それを実行し得る狂気さえあれば、世界を滅ぼすのはそれほど難しいことではない。まだ知られていないだけで、全滅戦争を招来する引き金はきっといくらでもある。たとえばその指南書のようなものが、『ラプラスの箱』に入っているのだとしたら。それがジオンの後裔《こうえい》を自認するネオ・ジオンの手に渡ったとしたら……。

「ネオ・ジオンはまだ『箱』を手に入れていない。でもそれが本当に存在するとわかった以上、彼らは何度でも仕掛けてくる。また昨日のようなことが起こって、結局は戦争になってしまうわ。そうなる前に破壊しなければ」

「まさか、それが……？」

答は聞くまでもなかった。オードリーは目で頷《うなず》いた。

「『箱』そのものではない。でも『箱』に至る道標《どうひょう》であり、『箱』を開く鍵《かぎ》にもなるのが《ユニコーンガンダム》。カーディアス・ビストが、あなたに……ご子息に託したマシーン」

カーディアスが遺《のこ》した言葉、《ユニコーン》にこだわるこの艦の大人たちの言動が頭の中を去来した。ゆるゆると無重力を漂い、ダンボール箱の山に背中を押し当てたバナージの前で、オードリーは長い睫毛《まつげ》をわずかに伏せた。

「いまの世界が万全だとは思わない。私たちにだって言いたいことはある。でも、そのために多くの人が死ぬなんて……。もっと緩やかに世界を変えてゆく方法だってあるはずだわ。現に人類は、これまでもそうして生き延びてきたんだもの。『ラプラスの箱』のようなものは存在しない方が――」

「君は、いったい誰なんだ？」

皆まで聞かず、バナージは言っていた。オードリーはぴくりと肩を震わせた。

「ネオ・ジオンのことをなんでも知ってるみたいだけど……。なんだか、すごく偉い人と話をしてるみたいだ。〈インダストリアル7〉で聞いた君の声とは違う」

オードリーは顔をうつむけ、口を閉じた。顔を合わせるなり、無茶な要求を突きつけてきた時も、自分のことを必要ないと躊躇《ちゅうちょ》なく断じた時も。言ったあとに垣間見せる頼りなげな表情、押し殺した感情の揺らめきが、本当は繊細な彼女の人となりを伝えていた。聡《そう》明《めい》で責任感が強い反面、いったん行動を起こすと他のなにものも映さなくなるエメラルド色の瞳《ひとみ》。少なくとも、自らを根無し草と評し、薄く笑った時の彼女の横顔には、巻き込まれてもいいと思える吸引力があった。単に同調できるというレベルではなく、存在を共振させるような熱を知覚することができた。

いまのオードリーにはそれがない。背伸びした物言いは同じでも、立場に縛られた話し方が彼女の本質を見えなくしている。自分という人間が必要になったから、もう無防備に接することはできなくなったということか？　だとしたら、不要な人間でもかまわない。

「君の声を聞かせてくれよ」とバナージは重ねた。これでは熱が生まれない。理屈だけで動けるほど、自分は器用な人間ではない。

「やらなければならないことじゃなくて、君がやりたいことをさ。それを聞かせてくれたら……」

なにができるというのだ？　言い澱《よど》み、言い澱んだ自分に腹を立てながら、バナージはオードリーが口を開くのを待った。理屈はいい、熱を感じさせてくれればいい。互いの存在を共振させる熱、『ずれている』世界では生まれ得ない、暗くて冷たい世界と拮抗《きっこう》し得るだけの熱。それがあれば、恐れずに物事に対してゆける。オードリーがどこの何者であれ、一緒にここを抜け出す覚悟だって固められると思う。彼女を救うには、世界の重みを引き受ける覚悟がいる──カーディアスの言葉が、真実であったとしても。

「私は──」

目を伏せ、両の拳《こぶし》をぎゅっと握りしめたオードリーは、やがて思いきったように顔を上げ、その瞳をバナージに据えた。

「なにしてるの？」

不意に差し挟まれた冷たい声が、先の言葉を封じた。全身を硬直させたあと、バナージは同じく固まっているオードリーの肩ごしに部屋の戸口を見た。通路からの逆光を背に、ミコットとわかる影が立っているのが見えた。

「こんなところでこそこそ……。いったいなんなのよ、あんた。はぐれた振りして、バナージとなんの相談？」

戸口の縁をしっかりと握りしめ、刺すような声を放ってくる。本気の目にひやりとしたものを感じつつ、バナージはとりあえずオードリーの前に立った。「ミコット、あとで話すよ。いまは……」と言いかけた途端、「あとっていつよ⁉」と叫んだミコットの声が室内に響き渡り、肌をびりびりと震わせた。

「この女が来てから、なにもかも狂い始めたのよ。あんた、テロリストの仲間なんじゃないの？　バナージをたぶらかして、どうするつもりよ！」

　自分で作っておきながら、すっかり存在を忘れていた落とし穴にはまった――そんな感覚だった。「私は……」と呟《つぶや》いた声を途切れさせ、ぐっと唇を噛《か》んだオードリーを目の端に入れたバナージは、「ミコット、そういう言い方はよくない」と反射的に怒鳴っていた。少しあとずさり、「なんでよ……」と言い返したミコットの目に、みるみる涙が溜《た》まってゆく。

「あたしたちのコロニーがメチャクチャにされたのよ？　シルビアやマリオが塵《ちり》みたいに消えちゃったのよ？　アナハイム工専だって、地面ごと吹き飛ばされちゃって……。これが許せるの？」

　返す言葉がなかった。そう考えるのが正常だという思いと、それでも隠し通さなければならない秘密の重さが伯仲して、自分が一番の裏切り者なのだという思いがバナージの胸を埋めた。もう〈インダストリアル7〉には戻れない。『ずれている』日々に埋没することもできない。やはりこれは引き返せない道なのだ、と。

「もしあんたがテロリストの仲間なら、あたし——」

濡《ぬ》れた目でオードリーを見据え、低く搾り出したミコットの声は、そこで中断された。「あ、いた」「ちょっとミコットさん、勝手にいなくなっちゃ……！」と、別の声が通路の向こうで連続したかと思うと、タクヤとミヒロ少尉が戸口の前に現れたからだった。

先にタクヤが室内にいるこちらに気づき、「あれ、バナージ」と目をしばたたく。ミコットの肩に手を置いたミヒロも驚いた顔を見せ、「オードリーさん、なにしてるの。捜してたのよ」と含みのない声を寄越《よこ》してきた。押し黙ったのも一瞬、「すみません。リフトグリップの操作がわからなくって」と、用意した答を返すオードリーを見遣《みや》ってから、バナージはミコットの方に視線を戻した。ここでぶちまけられたらアウトだ、と覚悟したが、ミコットは誰とも目を合わそうとせず、ミヒロの手を振り払ってその場を離れていってしまった。

「ミコットさん、待ちなさい！」と叫んだミヒロが、すかさずそのあとを追う。バナージも通路に出て、十字路を曲がってゆくミヒロの背中を見送った。と、背後からのびた手にいきなり首根っ子をつかまれ、「どういうことだよ？」とタクヤの低い声が耳元に吹きかけられた。

「どうって……」

「さっきはああ言ったけどよ。おれだって、納得してるわけじゃないんだからな」

片手でバナージの頭を抱え込みつつ、タクヤはオードリーがいる部屋の戸口にちらと視線を投げた。バナージは、タクヤの腕にかけた指先を微《かす》かに震わせた。

「〈インダストリアル7〉に戻れば、彼女の入管記録はないってバレるぜ。それまでに白黒はっきりつけろよな」

早口に言ってから、タクヤはバナージを解放して床を蹴《け》った。本気で怒ってはいない。心配してくれている。そう思える背中に一縷《いちる》の救いを見出《みいだ》しながら、バナージは戸口際に立つオードリーと目を合わせた。白黒つける――どうやって？　互いの目の底を覗《のぞ》き込んだ刹那《せつな》、「このガキ、こんなところにいやがった！」と野太い怒声が通路に響き渡り、血相を変えた警衛曹長の顔が十字路の向こうに見えた。

※

その人影を避《よ》けきれなかったのは、ギプスで固定されている左腕をかばったせいだ。咄嗟に壁を蹴り、正面衝突だけは防いだダグザは、ゆらりと体勢を崩した人影を見て少し息を呑《の》んだ。

緩くウェーブのかかった長い黒髪と、ショートパンツからすらりとのびた足。およそ軍艦には似つかわしくない少女が、そこにいたからだった。リフトグリップを使わず、慣性に任せて通路を流れてきたのだろう。ダグザは壁にぶつかりそうになったその体を引き寄せ、リフトグリップをつかませてやった。

「失礼」

「いえ……」

手に触れられたことも気づかない様子で、少女はリフトグリップをゆるゆると前進させる。先刻、レクリエーション・ルームで会った民間人のひとり。工場長の父親がどうこうと、居丈高に喋《しゃべ》っていた少女だ。その時とは打って変わった力のない背中を見送り、民間人を勝手に出歩かせるとは……と内心に呟いたダグザは、ため息混じりにリフトグリップをつかみ直した。

こう長く無重力下にいると、骨折の治りが悪くて困る。早々にまともな重力環境に行きたいものだが、艦を〈ルナツー〉に向かわせるにはどうしたらいいか。中々に手強《てごわ》いアルベルトの顔を思い出し、あらためて思案をめぐらせようとした時、「あの……」と遠慮がちの声が背中にかけられた。

黒髪の少女が、通路の途中で立ち止まっていた。半ば振り向けた顔に逡巡《しゅんじゅん》の表情を浮かべ、目が合うとすぐに逸《そ》らそうとする。その瞳が涙で濡れていることに、ダグザは気づいた。

「誰に話していいのかわからなくて、あたし……」

迷いながらも、少女は薄暗い情念を忍ばせた声で呟く。ダグザはリフトグリップから手を放した。

モニター室の鉄扉を押し開ける。大柄をすぼめて端末のモニターと向き合っていたコンロイが、しょぼついた目をぱちぱちとしばたたいてみせた。

「艦のデータベースにアクセスしたい。できるな？」

休んでいなさいと小言を言われる前に、早口でたたみかける。同時にIDカードを差し出すと、コンロイの顔色が変わった。自分の処理を中断し、「どうぞ」と端末の前の席を空ける。ダグザは椅子を引き寄せ、端末脇のカードリーダーにIDを通した。

自由のきく右腕でキーボードを叩《たた》き、諳《そら》んじている十桁《けた》の暗証番号を入力する。表示されたアクセスページは、連邦軍中央情報局が管理するデータベースのもので、ロンド・ベルの艦艇ならどの艦にでもダウンロードされている代物だ。無論、幹部クラスでなければアクセスできず、重要機密は端から除外済みだが、簡単な調べ物——たとえば、手配中のテロリストの照会をする時などには重宝する。ビジュアル・データによる人物照会の項目を選んだダグザは、続いて艦の総務データにアクセスした。名前と性別を入力し、ピックアップされた写真を照会プログラムにかける。

「収容した民間人ですか？」

端末に表示された写真を覗き見て、コンロイが怪訝《けげん》な声を出す。艦に収容された時点で、民間人たちはいずれも顔写真と指紋を登録されている。「そのはずだがな」とダグザは応じた。あの少女、ミコット・バーチの証言を鵜呑《うの》みにするつもりはないが、言われてみれば気になることもある。先刻、初めて顔を合わせた時に、見覚えがあると感じていたはずなのだ。あまりにも突拍子のない結びつきであったため、具体的に頭を働かせるには至らなかったが。

額、眉《まゆ》、目。写真と一致した検索データが順々に表示され、ひとつの顔を形作ってゆく。三十秒と経たずに検索は終わり、写真とほぼ違《たが》わぬ顔が照会結果の欄に映し出された。隠し撮りした写真を拡大し、CGで補正した正面の顔写真。その名前は——。

「こいつは……」

かすれた声を搾り出し、コンロイは血の気の失《う》せた顔を端末に近づけた。震えそうになった指先を握りしめ、辛うじて無表情を維持したダグザは、「他言は無用だ」と短く言った。

「〝彼女〟から目を離すな」

いまできることは、それしかない。まだ呆然《ぼうぜん》としているコンロイに命じてから、ダグザはデータベースを閉じた。

得ないことだ。お使いの用でも頼まれなければ、艦長室は一パイロットが赴くべき場所ではない。まして、艦長本人が訪れたパイロットを歓待するなど、よほどの大戦果でも挙げなければあり得ないことだ。

※

「いや、よく来たね。まま、座って座って」

そのあり得ないことが起こっていた。オットー艦長の不気味な愛想笑いに促され、リディは艦長応接室のソファに腰かけた。傍らには先客のノーム隊長が座っていたが、こちらはオットーとは対照的な仏頂面。待機中にいきなり呼び出されただけで、なんの話か皆目見当もつかないリディは、奇妙に浮《うわ》ついているオットーが口を開くのを用心深く待った。

白い給仕服を身に着けた士官室係がお茶のセットを配膳《はいぜん》し、三人分のティーカップに紅茶を注いでゆく。

「地球製の本場物だ。安くはない代物だが、わたしにとっては数少ない道楽でね。女房に無理を言って、航海の時も必ず持ち込むようにしている。ささ、飲みたまえ」

士官室係が去ったところで、オットーが上機嫌に言う。ノームの顔色を横目で窺《うかが》い、飲んでも問題はなさそうだなと判断したリディは、「は！　いただきます」と姿勢を正してカップを手に取った。渋みの中に甘さが香る芳香を嗅《か》ぎ、カップに口をつけた途端、「あ、そうだ」とオットーがいきなり膝《ひざ》を叩く。危うく噴き出しそうになるのを堪《こら》え、リディはどうにか一口目を飲み込んだ。

「少尉は地球に実家があるんだったな。イギリスの紅茶なんぞ、めずらしくもないか」

わざとらしさも極まれり、といった顔でオットーが笑う。ひくひくと動くノームの頬を見、お追従で笑ったつもりらしいとわかったリディは、「いえ、そんなことは」と自分も作り笑いを浮かべた。三人分の空疎な笑みが応接室に立ちこめ、嫌な話になりそうな空気を緩慢にかき回した。

「さて、わざわざ来てもらったのは他でもない。本艦の現状については、少尉も理解しているな?」

「はぁ」

「戦闘が起こって以来、本部が寄越《よこ》した指示は二つだけ。待避、それから待機だ。本当なら、コロニーの救援活動を手伝いたいところだったんだがな。参謀本部の特命を受けている身としては、マスコミの前に姿をさらすわけにもいかない。例のガンダム・タイプの備品を回収したあとは、急ぎコロニーを離れるしかなかった」

そんなもの、艦長の腹の括《くく》り方ひとつではないか。さすがにへらへらと追従する気にはなれず、リディは紅茶を口に運んで相槌《あいづち》を打つのを避けた。

「で、こうして暗礁宙域に潜伏しているわけだが……。増援が来る気配は一向にない。ロンド・ベルは動き出しているようだが、お定まりの警戒出動だ。〈ロンデニオン〉の司令部は、我々の動向を把握していないものと思われる。教えたくても、特命遂行中とあっては通信を送ることもできん。相手が所属原隊であってもな」

紅茶を啜《すす》ったオットーの目が隠微に光る。「そこで思い出したのが、君だ」と続いた声に、そら来た、とリディは思った。

「確か、君の父上は中央議会にお勤めだったな。ローナン・マーセナス議員。移民問題評議会の議長にして、国防方面にも顔がきく大物議員だとか」

なにが『確か』だ。「そうですが、それが？」

「その父上と連絡を取ってもらいたいのだ。君の私信という形で、孤立させられている本艦の現状をそれとなく伝えて——」

「お断りします」

最後まで聞かず、リディは言った。その瞬間はノームの顔も目に入らず、目をしばたたいたオットーを正面に見据えて、「それこそ軍規違反じゃありませんか」と押しかぶせていた。

「隠密作戦中に私信だなんて。どうせ違反するなら、〈ロンデニオン〉に救援要請を出せば済むことでしょう？」

「それが難しいところだ。正面きって要請を出せば、参謀本部の横槍《よこやり》で潰《つぶ》される可能性がある。『箱』の魔力というやつだ」

『箱』――『ラプラスの箱』。昨日、同じこの部屋で耳にした言葉に口を塞《ふさ》がれ、リディは押し黙った。

「君はいちど耳にしていることだから、包み隠さずに言うがな。例のガンダム・タイプは『ラプラスの箱』に関係している可能性が高い。その扱いをめぐって、上層部で揉《も》めとるらしいのだ。この機会に『箱』を手に入れたい者と、元通りの場所に収めたい者。ま、早い話が軍とアナハイム社の綱引きなんだが……」

「だったら話は簡単じゃないですか。我々は軍人なんですから、軍の意向に従えばいい」

「そこが複雑な入れ子構造でな。参謀本部の将官にも色々な人種がいる。将来は出馬を考えている最高幕僚会議のメンバーやら、アナハイムへの天下りが約束されている軍事会議の面々やら……。そいつらが足の引っ張りあいをしてるもんだから、いつまで経っても増援が来ない。ロンド・ベルに救援要請を出しても、どこかの段階で握り潰される。いまの《ネェル・アーガマ》はその縮図だな。マンハンターとアナハイムの役員どもが呉越同舟。船頭多くして……というわけだ」

飲みきったカップを皿に戻し、オットーは深々と鼻息を吐いた。なるほど、政治の話か。半ば自棄《やけ》で吐き捨てた体がしんしんと冷え、リディはなんの味もしなくなった紅茶を口に含んだ。わかる話だし、わかる自分がうっとうしい。〝家〟を覆っていたあの不快な湿度が、こんなところまで追いかけてくる――。

「しかし、君の父上が内々に手を回してくれれば活路はある。〈ロンデニオン〉のブライト・ノア司令に、電話を一本かけていただくだけでいい。ブライト司令なら、警戒行動に見せかけて援軍を差し向けるぐらいのことはする。ローナン議員の助力があれば、参謀本部の連中も邪魔だてはできないだろう」

「どうですか……。権謀術数を人生にしている人です。こちらの望み通りに動いてくれる保証はありませんよ」

「可愛い息子が乗ってるんだ。無下にはせんだろうさ」

能天気に言ったオットーに、さすがに自制心の緒が切れそうになった。紅茶のカップを乱暴に置き、オットーを睨《にら》みつけようとしたリディは、「おれからも頼む」と発した声に気を削《そ》がれた。

「おまえの気持ちはわかるつもりだ。しかし、いまは他に頼れるものがない」

先刻から一言も喋《しゃべ》らず、紅茶に口を付けようともしなかったノームが、膝に置いた拳《こぶし》をきつく握りしめていた。伏せた顔を上げようとしないMS部隊長の姿に、リディは「隊長……」と応じた声を詰まらせてしまった。

「援軍が来なければ、死んだ連中の仇討《あだう》ちも果たせん。頼む、この通りだ」

テーブルにぶつかるほどに頭を下げ、ノームは肩を震わせるのみだった。自分以上の無念に震える肩を見、固唾《かたず》を飲んで見守るオットーの顔も見たリディは、腹の底からこみ上げる嘆息を漏らした。

選択の余地はなかった。そのまま自室に戻ったリディは、それから二時間かけて父への電子メールを書く羽目になった。

手紙はおろか、もう何年も電話ひとつしたことがない。父親と話す回路を持ち合わせていない体は、『親愛なる父上へ』の書き出しで寒気を覚えた。ほとんど悶絶《もんぜつ》しながら手紙を書き終え、『あなたの息子、リディより』と結んだ時には、本気で卒倒しそうになった。

このおれが、あの親父に助けを求める手紙を書く――。

そんな踏み絵に等しい精神的呵責《かしゃく》は、他人に理解できることではないのだろう。ほうほうの体《てい》で手紙を書き終え、ブリッジに送信したリディは、（ご苦労だった）と上辺だけ重々しく取り繕ったオットーの声に、殺意を覚えたものだ。

（これよりレーザー通信可能域に移動する。暗礁宙域を離れる間、第二種警戒配備になるが、少尉は自室で待機していろ）

「なぜです？」

（議員にお骨折りいただくのに、ご子息に怪我をさせるわけにいかんだろ）

痙攣《けいれん》かと見紛《みまご》うオットーのウインクを残して、ブリッジとの通話は一方的に切れた。それは幸いなことだった。「くそ！」と吐き捨てた声と同時に、モニターに大写しになった靴底を艦長に見られずに済んだのだから。通信パネルを蹴《け》りつけたリディは、そのままベッドに仰向けになった。

ほどなく警戒配備を告げるアラートが鳴り、空調音に似た機関の稼働音が勢いを増し始めた。《ネェル・アーガマ》が動き出す音。へばりついていたコロニーの残骸《ざんがい》から離れ、レーザー通信が可能な場所まで——無数のデブリにレーザーが阻害されない場所まで——移動を開始したのだろう。かたかたと振動する部屋の備品の音を聞きながら、好きにしろ、とリディは内心に吐き捨てた。どこに行ったところで、マーセナス家の名前は自分を逃がしはしない。宇宙の涯《はて》まで触手をのばし、あの不快な湿度で自分を搦《から》め取ろうとする。そして、その湿度の中を悠々と泳ぎ回る男が、尊大な苦笑いを浮かべて言うのだ。リディ、おまえも少しは大人になれ。人には持って生まれた役割というものがある。おまえはパイロットなどという末端の役割に終始する男ではない、と。

なら、おれの役割とはなんだ。親の七光りを武器に跡目を継ぎ、周囲の期待に応えることか？ 隅から隅まで灰色の世界で、白と黒の見分け方を学ぶことか？ 冗談じゃない。おれは、白と黒の区別は自分でつける。パイロットにグレーゾーンはなく、能力の優劣だけが生死を決めるんだ。おれはそこで生きてきた。そのために、できる努力はすべてしてきた。〝家〟から逃げこそすれ、頼ったことは一度もなかったはずだ。

しかし――先の実戦は、生死を分けるもっとも大きな要因は運であることを証明した。死神が大鉈《おおなた》を振るった時、立っていたか座っていたかの差がすべてを定めるのだと教えていた。その差を決定するのは状況という大勢であって、パイロットという末端に状況を動かす力はない。現状を打開するべく、この艦は状況を動かす力をおれに求めたというわけだ。リディというパイロットではなく、マーセナス家の直系という肩書きの方を……。

疲れた。次の逃げ場所を考えようという気にもなれず、あくびをひとつ漏らしたリディは、ゆらゆらと頭上を漂う物体に気づいて閉じかけた目を開けた。複葉機の模型。机の上に飾っていたものが、振動で流れてきたらしい。旧世紀の大戦で勇名を馳《は》せたレッドバロンの機体を手に取り、遠心重力の及ばない中空に浮かべながら、そう言えばお気に入りのグラマンを預けっぱなしだったと思い出す。あのモビルスーツ・マニアの小僧……タクヤとか言ったか？　リディはベッドを降り、伸びをしてから部屋の戸口に向かった。

収容された民間人は、同じ重力ブロック内のレクリエーション・ルームにいる。あの小僧と話すのは疲れるが、ひとりで悶々《もんもん》としているよりは気分が紛れる。オードリーと会えるという想像も刺激的だった。自室を抜け出し、レクリエーション・ルームに向かって一歩を踏み出したリディは、瞬間、床下から突き上げた激震に足をすくわれた。

なにが起こったのかわからなかった。天井に叩《たた》きつけられ、反動で床に押しつけられた時には、通路の照明が非常灯の赤に切り換わっていた。さらに立て続けの衝撃が艦を震わせ、アラートが鳴り響く。オペレーターのアナウンスは、船体を押しひしげる轟音《ごうおん》に遮られ、先刻に倍する衝撃がリディの体を再び吹き飛ばした。

今度は受け身を取り、もはや天井と床の区別がつかなくなった足場を夢中で蹴る。敵襲——しかも船体に直撃を受けている。こんなに急に、いったいどこから？　考えても答はなく、びりびりと震えるリフトグリップを握りしめたリディは、モビルスーツ・デッキに向かって体を滑らせた。

※

ミノフスキー粒子が電波兵器を無力化したこの時代、誘導弾という概念が戦場から絶えて久しい。絶対に的を外さないミサイルの応酬でけりがつく、いわゆるボタン戦争は過去の遺物となり、互いに目視できる位置に戦力を並べて競いあう、中世紀《ちゅうせいき》以前の戦場が宇宙に持ち越されたのだ。そこでは、前線に展開するモビルスーツが騎馬の役割を果たし、後方の艦艇は移動陣地の役割に終始する。艦隊同士がすれ違う近接戦闘にでもならなければ、艦砲射撃などは火矢ほどの役にも立たないのがこの時代だった。

それでも、いまだに長距離ミサイルの生産が中止されず、航宙艦艇の主要兵装のひとつと目されているのは、古代の騎馬戦において投石器が重宝された事実と根を同じくする。レーダー誘導によるピンポイント攻撃はできなくとも、目視で敵の位置を捉《とら》え、確実に当たるコースに乗せてやれば、ミサイルは愚直に目標へと突き進んでゆく。撃ちっぱなしのロケット弾と割りきるなら、その射程の長さと破壊力は十分な脅威に値した。殊に対艦用の大型ミサイルともなれば、二発の直撃で戦艦を葬ることさえできるのだ。

いま、その対艦用長距離ミサイルが暗礁宙域を真一文字に飛び、《ネェル・アーガマ》が潜むコロニーの残骸に直撃をした。最初の観測結果と、その後の時間経過から割り出されたL1基準座標に基づき、《レウルーラ》から射出されたミサイルの数は十二基。このうち、四本は目標を逸《そ》れたが、残る八本はかつてのコロニーの外壁を打ち据え、弾頭に充《じゅう》塡《てん》された炸薬《さくやく》を起爆させた。

瞬間、青白い閃光《せんこう》が連続して膨れ上がり、各々が押し拡げる衝撃波が干渉しあって、折り重なる八つの火球がコロニーの残骸を包んだ。音速を超える衝撃波が外壁部分を引き剝《は》がし、膨大な熱エネルギーが構造材を溶かしてゆく。埋設された共同溝を押しひしげ、埋め固められた土層を粉砕したエネルギーは、その上に広がる廃墟《はいきょ》を突き崩して内壁側に噴出した。

先の大戦で引き裂かれてなお、人工の大地の面影を留《とど》めていた廃墟群は、ほんの一瞬間、霧のような煙に包まれた。真下から突き上げる衝撃波に揺さぶられ、ビルや地面に付着する細かな砂塵《さじん》――長年の宇宙漂流で堆積《たいせき》した細粒物《レゴリス》――が、一斉に舞い上がったのだった。同時に、地下でわき起こった閃光が地盤の継ぎ目から漏れ出し、基盤の回路に似た網目を一キロ四方の廃墟に浮かび上がらせてゆく。それは一秒後には紅蓮《ぐれん》の炎を滲《にじ》み出させ、マグマのごとき奔流《ほんりゅう》を噴き上がらせると、底が抜けたという表現のままに真空の廃墟を瓦解《がかい》させていった。

外周監視用のスカウト・カメラボールを収容し、残骸から一時離脱しようとしていた《ネェル・アーガマ》にとって、それは青天の霹靂《へきれき》と呼ぶべき事態だった。スカウト・カメラボールはケーブルで遠隔操作する複合センサーで、この時は廃墟の外縁に放出され、艦の死角となる方位の監視に供されていた。移動のためにそれを収容した《ネェル・アーガマ》は、残骸の裏側を見張る目を一時的に喪失したも同然であり、ミサイルはその瞬間を狙いすましたかのように殺到してきたのだ。

真空の静謐《せいひつ》にあった廃墟が突如として瓦解し、噴き上がった大量の瓦礫《がれき》が《ネェル・アーガマ》の艦底に激突する。コンクリートの破片、引きちぎれた街灯、半壊したエレカなどが灼熱《しゃくねつ》の尾を引いて船体を直撃し、全長四百メートル弱の巨艦がそれとわかるほどに身震いする。艦内では固定されていない物が残らず吹き飛び、クルーたちは天井と床の間を何度も跳ね回った。重力ブロックも例外ではなく、バナージは食事のプレートと一緒に弾き飛ばされ、タクヤとミコットも壁に叩きつけられた。オードリーがテーブルの脚にしがみつく傍らで、ミヒロはレクリエーション・ルームの内線電話を取り上げたが、続く激震が受話器ごと彼女の体を放り投げていた。バナージがその腰を抱きとめる格好になり、二人の体がそろって壁のモニターパネルにぶち当たった。

ダグザは通路の天井に打ちつけられ、アルベルトはあてがわれた自室で毬《まり》さながら転がった。モビルスーツ・デッキではクレーンや固定索がぎりぎりと鉄の悲鳴をあげ、ギブニーら整備兵が対処に駆けずり回る中、ノームやリディたちパイロットが自機のコクピットに飛び込んでゆく。破片の直撃を受けた対空機銃を始め、装備のいくつかが使用不能になったものの、ブリッジが艦の損害状況を把握するのはまだ先の話だった。警戒配備を取っていたとはいえ、ノーマルスーツを着ていなかったレイアム副長たちは椅子から投げ出され、オットー艦長も天井にしたたか頭をぶつける羽目になった。

じんと痺《しび》れた頭蓋《ずがい》に、悲鳴と怒号、アラートの音色が一緒くたになって突き通る。灼《や》けた瓦礫の奔流がブリッジ正面の窓をかすめ、無数の赤熱した残像を網膜に刻む。まるで噴火した火山の真上にでもいるかのように――。

「機関増速！　全艦、急速回頭」

なんとか椅子に座り直したレイアムが、艦長判断を待たずに叫んでいた。操舵員《そうだ》がすかさず復唱し、操舵輪を指定された針路にセットする。《ネェル・アーガマ》の艦首が九十度近く持ち上がり、コロニーの残骸に対して垂直に屹立《きつりつ》するのを見たオットーは、レイアムの急場の判断を追認した。前進強速で逃げきる手もあるが、瓦礫が散弾状に拡散している以上、まずは艦の被弾面積を最小限に留《とど》めるのが望ましい。コロニーの残骸を背にした《ネェル・アーガマ》は、飛散する瓦礫を艦尾に受けるだけで済む。

「損傷確認、急げ！　対空監視はなにをやっていた！」

打ちつけた頭をひと振りしてから、こちらも声を張り上げる。ブリッジ付きの兵曹からノーマルスーツを受け取りつつ、「周辺に敵影なし！」と怒鳴り返したセンサー長の声が耳朶《じだ》を打った。

「レーダー圏外からの攻撃と推定」

「そんなはずがあるか。よく探せ。デブリに擬態している敵が近くにいるはずだ」

ノーマルスーツに足を通し、ファスナーを上げる間にも、瓦礫が船体に衝突する音が断続的に響く。眼下にあったコロニーの残骸《ざんがい》が形を崩し、ゆっくり四散してゆくさまをモニターごしに確かめたオットーは、左舷《さげん》側に位置する索敵センサー画面に目を走らせた。対艦ミサイルの直撃——それも二発や三発といった規模ではない。至近距離から複数のミサイルを撃ち込んだ敵艦がいるのだ。スカウト・カメラボールを収容し、センサー能力が半減した時間は一分未満。その間に敵艦が忍び寄り、ミサイルを撃って再びレーダー圏外に待避したなどという冗談は、金輪際あり得ない。

「レーダー時代の誘導弾じゃあるまいし、撃ちっぱなしのミサイルがこうも当たるわけはないんだ。しかも長距離から……」

　思わず口にしてみて、ひやりとした感触を覚えた。長距離からの攻撃。近くに敵影がないなら、それしか考えられない。宇宙を背景にすれば砂塵の一粒、たかだか一キロ四方のデブリをレーダー圏外から狙撃する方法はひとつ。目標の絶対座標を割り出し、進路上に障害物がなくなった瞬間にミサイルを射出することだ。

　そう、敵はこちらの正確な位置を知っている。先刻、まとわりつくサラミス級の残骸に悩まされ、迂闊《うかつ》にも主砲を使ってしまったこちらの位置を——。

「はめられましたね」

　熊のような体軀《たいく》をノーマルスーツで包んだレイアムが、艦長席の脇でぼそりと呟《つぶや》く。さすがに緊張を露《あらわ》にした副長の横顔を見、返す言葉もなく正面に視線を戻したオットーは、「高熱源体、急速に近づく！」と発したセンサー長の声にぎょっと顔を上げた。

「数は四。本艦直上より接近。接触予測、Tマイナス三〇三」

　第一波とは方位が違う。包囲されている、という最悪の予測は脇に置いて、「またミサイルか⁉」とオットーは問うた。

「いえ、この動きはモビルスーツ、ですが……」

　言い澱《よど》んだ声に、畏怖《いふ》の色が滲んでいた。オットーは、レイアムの肩ごしにセンサー長の背中を見た。

「デブリの中をこのスピードで飛ぶなんて、あり得ない。先頭の一機は、後続機の三倍の速度で接近中！」

コンソールから頭を上げたセンサー長が、青ざめた顔をこちらに振り向ける。「なんだと……？」と呟いた口がこわ張るのを感じながら、オットーはセンサー画面を凝視した。

後続機を引き離し、艦に接近するアンノンの輝点が不気味に点滅する。あの四枚羽根を含め、これまで遭遇した『袖付《そでつ》き』のモビルスーツとは異なる機体――。全身の肌が音を立てて粟立《あわだ》ち、オットーは我知らず艦長席の肘《ひじ》かけを握りしめた。

※

その赤いモビルスーツの侵攻速度は、確かに後続の《ギラ・ズール》をはるかに凌《しの》ぐものだった。背部に装備した大出力のスラスター・ユニットがなさしめることだが、それだけではない。赤いモビルスーツは進路上のデブリを蹴《け》り、その反作用力をスラスター推力に掛け合わせる術《すべ》を心得ていた。

無数に漂う鋼鉄片や石ころの中から、自機の質量を上回る物を瞬時に選び出し、すれ違う一瞬に飛び石の要領で蹴る。同時にスラスターを全開にして次のデブリに取りつき、加速に加速を重ねて暗礁宙域を疾駆する。無論、デブリは軌道に沿って絶えず流動しているから、先々の足場を事前に設定しておくことはできない。デブリの動きを予測し、接触する直前に次の足場を見定めつつ、なお目標に対して最短軌道で到達できるコースを選び取る。大容量のコンピュータをもってしても計算が追いつかない、落石を渡って崖《がけ》を駆け上るがごとき神業だったが、赤いモビルスーツ――《シナンジュ》のパイロットには、それができた。天使の羽根に似たスラスター・ユニットを閃《ひらめ》かせ、デブリの奔流を飛び石伝いに渡りながら、赤い機体がしなやかに宇宙を跳んだ。

行く手には、隠れ潜んでいたコロニーの残骸を打ち砕かれ、荒れ狂うデブリの中で立ち竦《すく》む連邦の艦が一隻。もはや隠れる場所もなく、白亜の船体を往生させる目標を見定めたパイロットは、マスクの下の顔をにやりと歪《ゆが》めた。薄い手袋一枚に覆われた手が操縦桿《そうじゅうかん》を操り、革のブーツを履いた足がフットペダルを踏み込む。金モールをあしらった真紅の制服に包まれた体は、ノーマルスーツを着ていない。

「見せてもらおうか。新しい《ガンダム》の性能とやらを」

豊かな金髪が、その精気を吸って軽やかに波打つ。デブリの激流を渡る《シナンジュ》のコクピットで、フル・フロンタルが嗤《わら》った。

（艦首、新針路に固定。第一から第四まで、カタパルト・ハッチ開放。モビルスーツ隊、射出位置へ）

ボラード通信長の声とともに、カタパルト・ハッチが開放してゆく。《リゼル》八番機を前進させ、その両足をカタパルトに接合させたリディは、ハッチの外に広がる光景のすさまじさに思わず呻《うめ》き声をあげた。

「これは……!?」

真空に向かって、真一文字にのびる第三カタパルト・デッキ——《ネェル・アーガマ》の形状を木馬に準《なぞら》えるなら、右前足に相当する露天甲板。天を覆って流れる大量のデブリが、その周囲を埋め尽くしていた。大小の石ころが艦尾から艦首方向へと流れ、たまにモビルスーツほどの大きさがある岩塊がカタパルトのすぐ横をかすめてゆく。まるでデブリの海を逆進しているかのようだったが、実際には《ネェル・アーガマ》は前進していた。崩壊したコロニーの残骸を背にしたため、飛散する瓦礫《がれき》の奔流《ほんりゅう》がうしろから前へと流れて見えるのだ。

3

デブリの進行方向に同期すれば、相対速度を殺せるし、艦の被弾面積も最小限で済む。艦首から射出されるモビルスーツにとってもありがたい配慮だが、こんな状態で無事に発艦できるのか？　発進した途端に、背後から飛んできたデブリと衝突してぺしゃんこ……いや、それ以前に、この汚れきった宇宙の中でどうやって敵を捕捉《ほそく》すればいいのか。生唾《なまつば》を飲み下し、ひっきりなしに流れるデブリを見回したリディは、(悪い時に当たっちまったな)と発した無線の声に口もとを引き締めた。ロメオ004のホマレ中尉だ。

(せっかく艦内待機だったのに、いいのかい？　お坊っちゃん)

「そりゃ、中尉たちだけに任せておけませんからね」

憎まれ口には憎まれ口を返す。それだけのことだが、それだけのことがいかに心を落ち着かせるものか。(へっ、言ってくれるじゃねえか)と返ってきたホマレの声を聞きながら、ようやくおれも一人前か、とリディは場違いな感慨に浸った。(お喋《しゃべ》りはそこまでだ)とノーム隊長の声が割り込んでくる。

(各機、発艦後にエレメントを形成。ジュリエット2、ロメオ004。ロメオ008は我に続け)

エレメントとは、その名の通り編隊行動における最小要素、二機一組による行動単位を指す。この場合、ノーム機がオフェンスで、リディ機はディフェンス。それゆえ、リディ機は長距離支援用のビームランチャーを装備している。総掛かりにもかかわらず、たった二つのエレメントしか形成できないとは。ちらりと差し込んだ弱気をねじ伏せ、「了解」とリディは応じた。

(接近中の敵は四機。数は互角だ。落ち着いていけ)

心を読んだと思えるノームの発破に、(進路クリア。発進どうぞ)とボラード通信長の声が重なる。留まる気配のないデブリの奔流を見渡し、「どこがどうクリアなんだよ……」と口中に毒づいたリディは、(ロメオ008、聞こえてるぞ)と飛んできたボラードの声に首をすくめた。「了解!」と咄嗟《とっさ》に応《こた》えつつ、ミヒロがオペレーターならいいのに、と詮《せん》ない愚痴を内心に紡《つむ》ぐ。

まだ民間人の世話から解放されないのだろうか。そう言えば、彼女とは映画に行く約束をしているのだった。なんのジャンルが苦手だと言っていたっけ? 考えるともなしに考え、チビ戦車《スモールタンク》のつぶらな瞳《ひとみ》を脳裏に描こうとしたリディは、唐突に像を結んだ別の瞳にぴくりと瞼《まぶた》を震わせた。

吸い込まれそうなエメラルド色の瞳。まだ満足に向き合ったとも言えない瞳、凜《りん》とした横顔が他のすべてを圧して浮かび上がり、リディは己の心理の不可解さに動揺した。なぜだろう? これで死ぬかもしれないという時に、彼女の顔が思い出される——。

「なんだ、おれ。一目惚《ひとめぼ》れしちゃったの?」

我知らず口に出してから、本気か? と自問する。(……よせよ)と気味悪そうに呟いたボラード通信長の声を聞き、「あ、いや、そうじゃなくて……」と慌てて弁解したリディは、(ノーム・バシリコック、ロメオ001。出る!)と響いた声に口を噤《つぐ》んだ。

ここからは左手に見える第一カタパルト・デッキ、《ネェル・アーガマ》の艦首を形成する露天甲板上を、ノーム隊長の《リゼル》一番機が滑ってゆく。続いて艦底側の第四カタパルトから《ジェガン》二番機が発進し、リディは操縦桿を握りしめた。考えるのはあと、この局面を生き残ってからだ。だから死ねないし、死なせない。絶対に生き残って、必ずオードリーと再会する。本気の恋なら、その時に取るべき道は見出《みいだ》せるだろう。

カウントダウン表示がゼロに近づく。そう、必ず生き残ってみせるさ。内心に呟《つぶや》き、リディは射出の瞬間に備えた。ふと、親父への手紙は送信されたのだろうか? と思いつく。

※

(リディ・マーセナス、ロメオ008。行きます!)

くぐもった無線の声が艦内スピーカーを震わせる。「あ、リディ少尉だ」と言ったタクヤの声も聞いたバナージは、壁に設置された通信パネルのモニターを見た。可変用のブースター・ユニットを背負った青いモビルスーツが、カタパルト・デッキを滑って虚空に飛び立ってゆく。

「知ってる人？」

「あのプラモの少尉さんだよ。あれっきり、会えなかったな」

　タクヤが指さした先に、テープでテーブルに固定された複葉機の模型があった。先刻の大激動からなんとか守りきったタクヤが、再度の衝撃に備えて固定したものだ。「ああ、あの……」と応じながら、バナージは十インチ大のモニターに目を戻した。モビルスーツ・デッキで模型を追いかけていた若いパイロット。なにか引っかかる人だったな、と思い出す間に、リディ機のシルエットはたちまち遠ざかり、青白いスラスター光だけがモニターの中に残された。

　艦の周囲を流れるデブリをするすると避《よ》け、フレームの外に消えてゆく。先発した機体に較べても遜色《そんしょく》がない動き……というより、いちばん無駄のない軌道を描いていたような気がする。意外と勘がいい人なのかもしれないと思い、発進口に固定されたカメラの映像に顔を近づけたバナージは、「あなたたち、見物はあと！」と発したミヒロの怒声に首をすくめた。

「こっちに来て、早くノーマルスーツを着なさい」

　ロッカールームから運んできた四人分のノーマルスーツを抱え、ミヒロは鋭い声を重ねる。自身、軍用の白いノーマルスーツに身を包んだその顔は、もはや平静を取り繕う暇もない実戦渦中の軍人のものだった。「はい」とそちらに振り返りつつ、バナージはオードリーとミコットの様子を窺《うかが》った。

レクリエーション・ルームに戻って以来、二人は広い部屋の端と端に座り、互いに目を合わせようともしていない。この時も黙々とノーマルスーツを受け取り、背中を向けあうようにして着替える姿がなんとも不穏だった。オードリーはともかく、ミコットの方はいつまた爆発してもおかしくない――。

「なるたけ体を固定して、ここから出ないようにね。あたしはちょっと外の様子を見てくるから」

そんな空気にかかずらわっている余裕はないのだろう。床に転がった食事のプレートに足を引っかけながらも、ミヒロは慌ただしく部屋を飛び出していった。テーブルの上に置き去られたノーマルスーツを見、その横でもそもそと着替えをする少女たちの背中を見たバナージは、そちらに近づく気にはなれずに通信パネルの前に留まった。モニターのチャンネルをいじり、「お、今度は第二カタパルトからだ」と鼻息荒く呟いたタクヤともども、発艦態勢に入った可変モビルスーツの背中を画面ごしに眺める。

今度は誤認ではない。艦はすでに敵の攻撃を受けており、モニターの向こうでは本物の戦闘が始まろうとしている。敵――ネオ・ジオン。あの四枚羽根のモビルスーツがまた来るのだろうか？　ここを出ましょう、と言った涼やかな声が思い出され、バナージはオードリーの方をちらと見遣《みや》った。表情は硬いが、ノーマルスーツの装備を点検する横顔に焦りや怯《おび》えの色は見えない。薄暗い倉庫で向き合った時と同じ、取りつく島のない瞳がここではないどこかを見つめている。義務感で感情をねじ伏せる一方、なるようにしかならないとあきらめてもいるエメラルド色の瞳。襲ってくるのは彼女の仲間かもしれないのに——。

発艦中告の声が艦内スピーカーを騒がせる。「頼むぜ……」と切実な声を出したタクヤに促され、バナージは滑走を開始した可変モビルスーツを注視した。カタパルトに乗った巨人の背中がみるみる小さくなり、滑走路の終点に差しかかったかと思うと、ピンク色の光軸が一本、ノイズかなにかのように画面を斜めに横切る。刹那《せつな》、真っ白い光が発艦間際のモビルスーツから膨れ上がり、モニターが唐突にブラックアウトした。

同時に部屋の照明が消え、艦内じゅうの空気を震わせる轟音《ごうおん》が全身を押し包む。床が数メートルも跳ね上がり、バナージはわけもわからぬまま天井に叩《たた》きつけられた。暗闇の中、バリバリとなにかが引き裂ける音が艦内を突き抜け、ガラスの割れる音、鋼鉄の軋《きし》む音が遠くで連続する。複数の悲鳴と呻《うめ》き声が室内に響き渡り、夢中で手をのばしたバナージは、誰の体も捕まえられずに二度三度と壁や床に打ちつけられた。その瞬間は痛みを感じる神経も働かず、とにかくなにかをつかもうと手を動かすうちに、いきなり点灯した非常灯が暗闇を赤く染めた。

モニターも復旧し、先刻と同じ画角の映像が壁の一画に映し出される。真空にのびるカタパルト・デッキを発進口から捉《とら》えた監視映像——だが、そこにあるべき滑走路はない。途中でへし折れ、焼け焦げた断面をめくれ上がらせるデッキがモニターに映じている。その向こうは、逆流するデブリがちらちらと閃《ひらめ》く闇の虚空。再び瞬いたピンク色の光が画面に焼きつき、星も見えない暗黒に二つ、三つと爆光が膨れ上がる。

狙撃された……？　メガ粒子砲とわかるピンク色の光軸を見つめ、どうにかそれだけのことを考えたバナージは、あちこち痛む体をなんとか立ち上がらせた。赤色灯に塗り込められた室内を見渡し、部屋じゅうに散らばった他の三人の様子を順々に確かめる。テーブルを支えに膝《ひざ》立ちになったオードリー、観葉植物の鉢に頭から突っ込んだタクヤ、下半身だけノーマルスーツに入れた状態で床に倒れたミコット。それぞれに致命傷は免れたらしい三人の姿を見、足もとのおぼつかないオードリーのそばに近づこうとしたところで、不意にぞくりとした悪寒を背中に覚えた。

背後を振り返る。なにかがさっとモニターの中を横切り、赤い残像をバナージの網膜に焼きつけた。ビームの光ではない。確かな質量を持ったなにか、肌を粟立《あわだ》たせるほどの敵意を持ったなにかが、この艦に迫っている。それが重い存在感を放ち、幾重もの装甲を透過して殺気を突きつけてくる。

バナージは、一瞬よぎった赤い影をモニターの中に追った。流星にも似た影は二度と姿を現さず、新たに起こった爆発が白い光芒《こうぼう》を虚空に閃かせた。

※

防眩《ぼうげん》フィルターが作動しても、瞬間的に膨れ上がった閃光《せんこう》は窓を真っ白に染め、ブリッジにいる全員の視界を奪った。後方のノーマルスーツ用ロッカーに叩きつけられたあと、なんとか艦長席の背もたれにしがみついたオットーは、「状況は⁉」と全身を声にして叫んでいた。

「射出中の《リゼル》が狙撃された模様。左舷《さげん》カタパルト・デッキ、大破！」

ダメージ・コントロール室からの一報を引き移し、ボラード通信長が怒鳴り返す。その頭上のスクリーン・パネルに、損傷箇所を赤く点滅させる船体の俯瞰図《ふかんず》が投影されていた。狙撃された《リゼル》の爆発に巻き込まれ、左舷カタパルト・デッキをごっそり持っていかれた《ネェル・アーガマ》。華奢《きゃしゃ》なスフィンクスとも取れる船体の左前足部分を失い、半身不随に陥ったように見える自艦の姿を前にして、目の前が真っ暗になるのを感じたのは一瞬だった。ノーマルスーツのヘルメットをしっかりとかぶりつつ、オットーは「各部、損傷確認！」と声を張り上げた。

「対空防御、なにやってる！　敵に入り込まれているぞ」

総計二十六基の近接防御火器はともかくとして、敵機より長射程であるはずの主砲もいまだ火線を張っていない。砲雷長を怒鳴りつけたオットーは、「予調測がまだ……！」と返ってきた声にぞっとなった。飛散するデブリに紛れて高速で接近する敵機を相手に、調査測量を行おうとしていたとは。こういう時は一撃必中を狙わず、弾幕で牽制《けんせい》するのが実戦の常識なのに。

「狙いなんぞつけてる場合か！　撃ちまくれっ！」

艦内オールの無線に怒声を叩きつける。砲雷長の面子《メンツ》を潰《つぶ》した格好だが、やむを得なかった。正確さばかり追求する訓練でスコアを競いあっていれば、誰でも機転がきかなくなる。自身、艦の成績向上を至上命題にしていた日々を省み、オットーが唇を嚙《か》み締める間に、複数の迎撃の火線が窓の外に閃き始めた。

対モビルスーツ用の六十ミリ機関砲が曳光弾《えいこうだん》の筋を引く一方、艦の上下両面に二基ずつ装備された主砲——二連装メガ粒子砲が亜光速の粒子弾を撃ち上げる。両舷《りょうげん》のドームに内蔵された副砲もビームの光軸を吐き出し、《ネェル・アーガマ》は四方に弾幕を張る火線の針山と化したが、いかにも遅い反応だった。弾幕に触れたデブリが爆散し、無数の光輪を艦の周囲に咲かせる中、新たな直撃弾が船体を激震させる。オットーは艦長席に座り直す間もなく跳ね飛ばされ、ブリッジに入ってきたダグザに受け止められる格好になった。負傷した片腕を固定したダグザの長身に抱きついたまま、「敵は一機だ。弾幕絶やすな！」と衝撃音に負けない声で怒鳴る。

艦の懐に入り込んだ敵影は、ひとつ。残りの三機は防空圏外に留まり、高みの見物を決め込んでいる。センサー画面を見上げ、どういう敵だ、と内心に吐き捨てたオットーは、今度こそ艦長席に戻って背中のアタッチメントを固定した。連携して応戦している味方機も、敵の動きにまるで追いつけない。ビームの直撃を受けたデブリが爆発し、灼熱《しゃくねつ》した破片をまき散らすと、その熱源に紛れた敵機がするりと弾幕の内側に入り込んでくる。かなりの手練《てだ》れ——いや、これはもう人間業とも思えない。艦の盲点を知り尽くしているかのように、識別データのないモビルスーツがデブリの海を舞い、前足をなくした《ネェル・アーガマ》をじわじわと痛めつける。

「何者なんだ……」と我知らず呟《つぶや》いた刹那、何度目かの激震がブリッジを襲った。船体が数メートルも振幅し、艦長席に固定された体に横Gがかかる。後部主砲、大破。報告の声が上がるより早く、「機関の直撃は狙っていない」とダグザが呟き、オットーは閉じていた目を押し開けた。艦長席の肘《ひじ》かけにしがみついたダグザのヘルメットに、窓の外の爆光が反射していた。

「奴は、我々を無力化してから『箱』を奪うつもりだ」

ダグザは窓に向けた目を動かさなかった。艦の戦闘能力を削《そ》ぎ取り、降伏を促すために、爆沈の可能性がある機関への直撃は避けている敵。青ざめた顔を自覚しつつも、「バカな。モビルスーツ一機で、そんなこと……！」と反駁《はんばく》したオットーは、ブリッジに駆け込んできたアルベルトを視界の端に捉えた。

「アルベルトさん、ここは危険です！」とオットーより早く怒鳴ったレイアムを無視し、センサー長の椅子に取りつく。手にした記録カードをセンサー長に差し出したアルベルトは、「これで照会してみてくれ」とオットーの方を見て言った。殺気立った……というより怯えているその顔に気圧《けお》され、オットーが目顔で許可を出すと、センサー長は受け取った記録カードをコンソールのスロットにセットする。間もなく読み込まれたデータがセンサー画面に表示され、対戦中のアンノンとの照合が開始された。

二秒と置かずに適合の表示が灯《とも》り、光学センサーが捉えたアンノンのスチルにCG補正がかかった。同機種の三面図とデータも映し出され、オットーは声もなくセンサー画面に見入った。連邦系のスマートなボディラインを持ちながら、ジオン系らしい曲線で構成されたモビルスーツ。モノアイ式の頭部に、羽根に似たスラスター・ユニットを背負った機体の色は、目が醒《さ》めるような赤――。

「やはり《シナンジュ》だ。赤い彗星《すいせい》だ……」

コンソールからあとずさったアルベルトが、震える声で呟く。ざわと揺れたブリッジの空気を感じながら、「赤い彗星……？」とオットーはおうむ返しにした。

「二年前のことだ。我が社が開発した実験用モビルスーツが、輸送中に強奪された」半ば焦点の定まっていない目を泳がせ、アルベルトは続けた。「追跡に当たった連邦軍の部隊も返り討ちにされたが、その主犯と目されているのがフル・フロンタル。赤い彗星、シャア・アズナブルの再来と呼ばれる男だ」

はっと重そうな瞼《まぶた》を見開き、レイアムがこちらを見る。「聞いたことがあります。たった一機で二隻のクラップ級を沈めて、『袖付き』《そでつき》の嚆矢《こうし》となったと言われる赤いモビルスーツッ」

「『シャアの亡霊』と騒がれたあれか。しかし……」

あり得ない。いや、あり得ないと思いたい。爆光が閃《ひらめ》く宇宙に赤いモビルスーツを幻視しつつ、オットーは汗で濡《ぬ》れた手袋の手をぎゅっと握りしめた。かつてのジオン公国軍の撃墜王、シャア・アズナブル。ジオン・ダイクンの遺児にして、第二次ネオ・ジオン戦争では総帥の座に収まり、『シャアの反乱』とも呼ばれる抗争の中心にあった男。その最終決戦で消息を絶った赤い彗星が、いまだに生きているなどという冗談はない。宇宙戦における消息不明は戦死と同義だ。撃墜認定がされていないことにつけ込み、どこかのバカがその名を騙《かた》り出したのに決まっている。

が、だとしたら、この目前の敵の圧倒的な力はなにか——。「色は違うが、この機体はその時に奪われた二機の実験機のうちのひとつだ」と続いたアルベルトの声に、オットーは石になった唾《つば》を飲み下した。

「RX－0も、こいつで採取したデータをもとに造られている。なまじのモビルスーツが戦って勝てる相手じゃない。逃げろ！」

血の気をなくしたアルベルトの顔は、次の瞬間、窓外で膨れ上がった爆発の光に染まった。がくんと沈み込む衝撃がブリッジを突き抜け、椅子のアタッチメントに固定された体がなす術《すべ》なく揺さぶられる。浮き上がったアルベルトのノーマルスーツをつかみ、渾身《こんしん》の力で艦長席に引き寄せたオットーは、「照合データ、各部に転送！」と叫んだ。復唱に損害報告の声が重なり、さらに接近警報のアラームが相乗する。

「敵は亡霊でもなんでもない。該当ありの機体だ。落ち着いて狙えば必ず墜《お》とせる。モビルスーツ隊にも知らせ！」

逃げようにも、この状況では背中から撃たれる。シャアの再来という言葉に圧倒されている内心を押し隠し、オットーは窓外に交錯するビームの光軸を見据えた。なにかを含んだダグザの顔が傍らを行き過ぎ、無言でブリッジを離れていく姿が爆光に映えた。

※

照合データはただちに転送され、レーザー通信を介してモビルスーツ隊にも受信された。未確認《アンノン》機のCGモデルにデータ補正がかかり、パイロットたちは敵機の形状を正確に把握できるようになったが、それで戦況が好転するものではなかった。

形がわかっても、照準内に捕捉《ほそく》できなければ意味がない。《シナンジュ》は散乱するデブリの陰から陰へと跳び移り、ネェル・アーガマ隊のパイロットたちに向き合う暇を与えなかった。かすめた、と思った時には遅く、死角をすり抜けた赤い機体が防衛線を突破し、新たな光弾を母艦に叩《たた》き込んでいるのだ。

直撃を受けた《ネェル・アーガマ》から白熱した光球が膨れ上がり、左舷《さげん》カタパルトを失った白亜の船体が大きく傾く。間断なく撃ち上げられる対空砲火がデブリの奔流を引き裂き、無数の爆光を瞬かせる中、シールドさえ装備していない赤い機体がジグザグに軌道を描く。ジオンの紋章を袖に刻んだ腕、甲殻類を想起させる装甲に覆われた脚、背部からのびる二本のプロペラント・タンク。すべてが『能動的質量移動による姿勢制御《AMBAC》』を行う舵《かじ》の役割を果たし、赤い巨人のシルエットが自在に虚空を泳ぐ。

フレームやジェネレーターに多少の性能差があっても、同じモビルスーツ・サイズのマシーン同士、出力に二倍三倍の開きがあるなどという話はない。母艦への一撃離脱をくり返す《シナンジュ》に翻弄《ほんろう》されながらも、ネェル・アーガマ隊のパイロットたちは陣形を崩さず、基本戦術を固持して敵機と対し続けた。ホマレ中尉のロメオ004はカタパルトごと撃破され、残る戦力は《リゼル》が二機と《ジェガン》が一機。この三機が各々に索敵・攻撃・支援を分けあい、デブリの海に見え隠れする赤い敵機を追う。《ネェル・アーガマ》からの火線もあれば、敵機が描く移動軌道は自《おの》ずと限られてくる。サイコミュ兵器による不意打ちがない以上、勝機はあるとパイロットたちは信じていた。

索敵を担うジュリエット2の《ジェガン》が愚直に敵影を追い、攻撃役のロメオ001が敵機を挟み込むべく追走。防衛役のロメオ008はビームランチャーを携え、三機を遠望する位置を維持する。それぞれにぶつかりあい、不規則に飛散するデブリを紙一重の差で躱《かわ》しつつ、三機は敵に隙《すき》が生じる瞬間を待った。いかに超常的なAMBAC《アンバック》機動を駆使する敵とはいえ、必ず限界はある。必中の一撃を幾度も回避され、母艦への直撃を許す数分を過ごしたあと、ネェル・アーガマ隊のパイロットたちはついにその瞬間を得た。進路上に流れ込んだデブリに気を取られたのか、《シナンジュ》の動きがわずかに鈍ったのだ。追撃する《ジェガン》がすかさず牽制《けんせい》弾を放ち、回避した《シナンジュ》の先に《リゼル》一番機が回り込む。そのビームライフルからメガ粒子の光軸が迸《ほとばし》り、頭を押さえられた《シナンジュ》の動きが止まった一瞬、《リゼル》八番機を駆るリディが操縦桿《そうじゅうかん》のトリガーを引いた。

「そこだ！」

内蔵する発電ジェネレーターをびりびりと震わせ、ビームランチャーの砲口が太い光軸を吐き出す。戦艦の主砲に匹敵するメガ粒子の光弾は、デブリの海を一文字に引き裂き、細かな塵《ちり》を蒸散させながら敵機に殺到したが、《シナンジュ》はぎりぎりのところでそれを回避した。他の二機と交戦中だったにもかかわらず、別方向から飛来した亜光速の弾を避《よ》けてみせたのだ。

代わりに直撃を受けた岩塊が砕け散り、灼熱した破片が四方に飛散する。《シナンジュ》はその破片のひとつを蹴《け》り、あり得ないと表現するべき速度で包囲陣を抜けた。リディ機に牽制の弾幕を張り、熱を帯びた破片群の中に自機の熱源を紛れ込ませる。

「クソ……!」

ビームランチャーに連射性能はなく、次発装塡《そうてん》まで数十秒の充電時間を必要とする。リディの《リゼル》がやむなく後退する間に、《シナンジュ》は近接する《ジェガン》の足もとに回り込んだ。熱源センサーが使えず、視覚に頼るしかなくなった《ジェガン》の足もと——三百六十度の視野を確保するオールビューモニターにおいて、唯一の死角とされるリニア・シートの真下に。

「こいつもニュータイプか!?」

サイコミュ兵器を駆使する四枚羽根より、ずっと獰猛《どうもう》で抜け目のない敵。《ジェガン》のパイロットの声は、(下だ!)と弾けたノーム隊長の声にかき消された。咄嗟《とっさ》にフットペダルを踏み込んだものの、その時には《シナンジュ》の手にするビームライフルが閃光《せんこう》を吹き出し、パイロットの意識は消失していた。

長銃身《ロング・バレル》のライフルから連続してビームが撃ち放たれ、速射モードに設定された光弾が真下から《ジェガン》を打ち据える。一発が踵《かかと》を、一発が手首をライフルごと打ち砕き、衝撃ではね上げられた《ジェガン》の手足が踊るように虚空をかく。壊れた操り人形のごとく舞った《ジェガン》は、一秒と経たずに内側からの爆圧で頭部を粉砕させ、次いで内蔵する熱核反応炉を誘爆させた。漏れ出す熱線が装甲を蒸散させ、衝撃波が鋼の内骨格を引きちぎると、人型を散らした機体が超高熱の光輪に呑《の》み下されていった。

膨れ上がる爆光が周囲のデブリを煌々《こうこう》と照らし、《シナンジュ》の赤い機体を虚空に浮かび上がらせる。ノーム機の射撃をあっさりと躱し、それは再びデブリの奔流の中に消えた。ノームは、そこにかつての戦場で目撃した特別な敵機の印象を重ね合わせ、肌を粟立《あわだ》たせずにいられなかった。《ジオング》や《サザビー》といった、伝説を彩る赤い彗星《すいせい》の乗機たち——。

「本物のシャアだとでもいうのか……!?」

その時に感じたのと同じプレッシャーが、全身をこわ張らせてゆく。急きょ編隊を組み直した二機の《リゼル》の後方で、《ネェル・アーガマ》がまたひとつ被弾の光を爆《は》ぜらせた。

※

六十キロ以上の距離を隔てて瞬く爆光は、色の薄いイルミネーションに似ていた。星よりも鋭く冷たい光が現れては消え、暗礁に浮かぶデブリをつかのま浮き立たせる。細い糸のような光芒《こうぼう》が時おり走り、青白い光輪の中に鮮烈なピンクを刻み付けるや、敵機の爆散を告げるオレンジ色の火球が膨れ上がる。

「言ったろう？　我々の仕事はないと」

これほど美しい光景は、他では見られない。オールビューモニターを彩る光の饗宴《きょうえん》を前に、アンジェロ・ザウパーは言っていた。一キロほど離れた先、ともに戦場を遠望する親衛隊の《ギラ・ズール》が身じろぎすると、（は……）とセルジ少尉が戸惑い気味の声を返してくる。

（しかし、よろしいのですか？　敵は複数です。せめて援護射撃くらい……）

「邪魔になるだけだ。我々はここに控えて、大佐が撃ち漏らした敵を仕留めればいい」

とはいえ、残る敵は二機。もうこの戦いに親衛隊が介入する余地はない。アンジェロは、右のマニピュレーターに装備した長射程のビームランチャーを持ち上げ、全長二十メートルに達するそれを自機の肩に担わせた。即時射撃態勢の解除、すなわち高みの見物を決め込んでから、「だが、大佐は意地悪でね。その程度の仕事も与えてはくれない」と苦笑混じりに続ける。

「大佐と出るようになってから、わたしはまだ一度も引き金を引いたことがないんだ」

（一度も……？）

ウインドに拡大投影されたセルジ機のモノアイが動き、人がそうするようにこちらを見る。反対隣に位置するキュアロン中尉機もランチャーを肩に担い、高みの見物に移行する様子を目の端に捉《とら》えたアンジェロは、「ああ」と応じてヘルメットに手をかけた。

「それが我ら親衛隊の誇りだと思っている」

ヘルメットをぬぎ、額にはりついた前髪をかき上げる。さすがにやりすぎかと思ったが、かまいはしない。この距離で飛んでくる弾は艦砲か、あるいはランチャーから射出される大出力ビームで、当たれば一瞬で死ぬことになるのだ。理解しかねるといった風情でモノアイを正面に戻し、戦場の監視を再開したセルジ機を横目にしたアンジェロは、いまにわかるさ、と内心に続けた。

敵弾が飛来することはない。敵艦は弾幕を張るので精一杯だし、仮にこちらを狙う者がいたとしても、その時は気配が生じた瞬間に大佐が潰《つぶ》してくれる。いっそ親衛隊など不要かと思われるが、そんなことはない。主戦場に到着するまでの護衛、敵の増援の監視と、大佐をサポートする仕事はいくらでもある。なにより、委《ゆだ》ね、委ねられる信頼感こそが敵に対する壁になり、戦場で自分を支える力になるのだと、大佐自身が認めてくださっている。

互いに命を預けあい、戦場に無防備な体をさらす至福と恍惚《こうこつ》は、他のなにものにも替えがたい。アンジェロは、錯綜《さくそう》するビーム光に《シナンジュ》の機影を幻視した。じきに敵のモビルスーツは仕留められ、艦砲も沈黙する。もはや逃げも隠れもできず、敵艦は『ラプラスの箱』を差し出さざるを得なくなるだろう。それがどのような代物であれ、艦内に収容できる大きさであることは間違いない。回収作業は、おっつけ到着する《レウルーラ》に任せればいい。

それまでは、この痺《しび》れるような感覚に身を委ねていられる。赤い彗星が疾駆する戦場――戦うフル・フロンタルは美しい。ひときわ大きな爆光を瞳《ひとみ》に映しながら、死んでもいい、とアンジェロは口中に呟《つぶや》いた。

※

もう何度目かわからない激震が艦内を突き抜け、しがみついたテーブルの脚がぎしぎしと鳴った。落磐《らくばん》のような轟音《ごうおん》がそこに重なり、いったん浮き上がった体が床に叩《たた》きつけられると同時に、室内を照らす赤色灯が激しく明滅する。

(右舷《うげん》第三ベントラル・フィン、大破!)

(応急修理班、Cブロックの気密作業急げ)

(第四垂直発射装置《VLS》室です! ミサイルが懸架《けんか》から外れて、科員が押し潰されて……!おい、キクマサ、キクマサ!)

艦内オープンのスピーカーからは、もう悲鳴と怒号しか聞こえてこない。「大丈夫なのかよ、この艦《ふね》……」と呟いたタクヤには応えず、バナージは細かな埃《ほこり》が立ちこめるレクリエーション・ルームを見渡した。固定されていないあらゆるものが散乱し、壁のディスプレイ・パネルにも亀裂が入っている。立て続けの震動に備えるのが精一杯で、自分を含む全員がまだノーマルスーツを着ていない。ソファにしがみついて動かないミコットの向こうで、ノーマルスーツを抱え上げようとしているオードリーを見たバナージは、震動の切れ間を見計らってそちらに向かった。この調子ではいつ気密が破られるかわからない。まずは空気を確保しておかなくては。

あちこちに転がったノーマルスーツをかき集め、二人分を脇に抱える。同じようにしたオードリーと目が合い、一瞬、息が詰まる思いを味わったが、直後に起こった震動が絡まりかけた視線を引き剝《は》がした。固定具が壊れたのか、観葉植物の鉢が倒れ、外れた蓋《ふた》と一緒に土がこぼれ出す。ざらっと床にぶちまけられるや、再度の衝撃で舞い上がった土くれに視界を塞《ふさ》がれながら、「早く！　ノーマルスーツを」とバナージは叫んだ。

ミコットがソファから顔を上げ、タクヤがテーブルの陰から這《は》い出してくる。オードリーがミコットのもとに駆け寄るのを見、自分はタクヤの方に向かおうとしたバナージは、背後で部屋のドアが開く音を聞いた。

振り返った目に、無言で室内に押し入ってくる二人の男が映った。どちらも体形にフィットするダークブラウンのノーマルスーツを身に着け、右の腿《もも》に拳銃《けんじゅう》のホルスターを吊《つ》っている。クルーとは明らかに異なる出《い》で立ちにぎょっとなったのも一瞬、ヘルメットの中に知った顔を見出したバナージは、その鋭い視線に射竦《いすく》められて開きかけた口を閉じた。

ダグザの目に、一度でも言葉を交わした者に対する親しみの色はなかった。最初にこの部屋で会った時と同じ、ナイフの鋭さを秘めた瞳がバナージの動きを封じ、その間にもうひとりの大柄な男がオードリーの二の腕をつかんでいた。

有無を言わせぬ勢いで引き寄せ、ダグザの面前に連れ出すようにする。「なにを……！」と呻《うめ》き、手を振りほどこうとしたオードリーの顔は、左腕を被覆帯で固定したダグザの背中に隠れて見えなくなった。棒立ちになった数秒のあと、慌ててダグザの正面に回り込もうとしたバナージは、すかさず前に立った大柄な男に行く手を阻まれた。

びくとも動かない男の向こうに、ダグザになにごとか耳打ちされるオードリーの横顔が見える。その目が驚愕《きょうがく》に見開かれたかと思うと、全身から発していた抵抗の気配が瞬時に消え去り、オードリーは無言の顔をダグザに据え直した。怒りとも侮蔑《ぶべつ》ともつかない視線を正面に受け止め、ダグザも無言でオードリーを見下ろす。なにが起こったのかわからず、二人の横顔を見比べるしかないバナージをよそに、ダグザはオードリーの背中に手を回して歩き出した。触れられた手を振り払い、オードリーは自発的に部屋の戸口へと向かう。

「あの……」とミコットが消え入りそうな声をかける。足を止め、その顔を一瞥《いちべつ》したダグザは、すぐに視線を外して再び歩き始めた。青ざめた顔をうつむけたミコットを見、オードリーともども戸口をくぐろうとするダグザに視線を戻したバナージは、「待ってください！」と叫んだ。

「なんなんです。オードリーをどこに連れて行くんです」

ちらと振り返っただけで、ダグザはなにも言わなかった。足を止めかけたオードリーの背中を軽く押し、そのまま通路に歩を進める。瞬間、かっと頭が熱くなり、バナージは床を蹴《け》っていた。

「待てよ……！」と怒鳴った勢いでダグザにつかみかかり、その腰に手をのばす。指先がノーマルスーツに触れた、と思ったのは一瞬のことに過ぎなかった。素早く動いたダグザの右腕に額をわしづかみにされ、ぐいと押し戻されると、バナージの体はほとんどひっくり返るように床に叩きつけられた。

「指示があるまで、ここから動くんじゃない。いいな」

大柄な男が早口に言う。どこかうしろめたそうなその目を見返し、したたか打ちつけた頭に手をやった時には、閉じたドアがダグザたちの姿を隠していた。室内にはバナージとタクヤ、ミコットの三人だけが取り残され、再びわき起こった震動が唖然《あぜん》とした空気を不穏に騒がせた。

なんなんだ、いったい。すぐには考える頭が働かず、とにかくあとを追おうと立ち上がったバナージは、「あの娘《こ》がいけないのよ」と発した声にひやりとなった。ハロを拾い上げた手をこわ張らせ、ミコットが昏《くら》い目を床に落としていた。

「あの娘さえいなかったら、こんなことには……」

その手からハロが滑り落ち、すとんと折れた膝《ひざ》が床を打つ。その場に座り込んだミコットを前にして、喉《のど》が詰まるほどの不安と後悔が全身を痺れさせた。「喋《しゃべ》ったのか……？」と搾り出したバナージは、うつむくミコットの肩を両手でつかんだ。

「なにを言った。なにを話したんだ！」

「本当のことよ！　あんな娘は〈インダストリアル7〉にはいなかったって。テロリストの仲間かもしれないって……！」

顔を上げ、ミコットは叫ぶように答えた。言葉の中身より、いまにも崩れそうな濡《ぬ》れた瞳に胸を突かれたバナージは、ミコットの肩から手を離した。責める資格なんてない。すべて自分の行為が招いたことだ。受け止め難い現実を受け止め、それでも収まらない怒りを握った拳《こぶし》に託して、半ば無意識に部屋の戸口へと向かった。

転がったハロを手にしたタクヤが、所在なげな視線を寄越《よこ》す。引き返せない道、と再三浮かび上がった言葉を胸中に刻み、バナージは部屋の自動ドアをくぐった。「行かないで！」と悲鳴に近い声があがり、柔らかな感触が腰を包み込んだのはその時だった。

「行っちゃだめ……。ここにいて」

腰に手を廻《まわ》し、背中に顔を押しつけたミコットの表情は窺《うかが》えなかった。思いも寄らぬ重さに驚き、足が動かなくなるのを自覚したバナージは、息を詰めてミコットの手に触れた。その温かさ、柔らかな感触に反応する生理から目を背け、感じたことのない罪悪感を嚙《か》み締めてから、生身の熱を放つ手をやんわりと引き剝《は》がす。

「……ごめん」

他に言葉がなかった。足もとを揺さぶる震動が起こったのを潮に、バナージは床を蹴った。緩い弧を描く通路を走り、振り向かずにレクリエーション・ルームを離れる。「なんで謝るのよぉ！」と発した悲痛な声が、背中から胸まで突き通るようだった。

※

チャージの残時間を示すカウントダウン表示が0を指す。完了のアラームがコクピット内に鳴り響くと同時に、リディはビームランチャーのトリガーを引き搾った。

「行けっ！」

解放されたメガ粒子がバレル内の加速・収束リングを通過し、ランチャーの砲口から噴き出す。ピンク色の光軸が虚空を裂き、デブリを蹴《け》散《ち》らしながら目標に突き進んだが、当たったか否かを確認する間はなかった。射出の振動が収まる前に、リディはスラスターを焚《た》いて離脱行動に入った。

戦場での静止は即、死を意味する。ビームを撃つということは、こちらの位置を敵に知らしめることと同義だ。まして敵は、単機で《ネェル・アーガマ》の防衛線をずたずたにした〝赤い彗星《すいせい》〟。本物のシャアであるかどうかはともかく、尋常ならざる敵であることはこの数分の経緯が証明している。ノーム機が発するレーザー信号を見定め、リディは乱数加速の軌道を描いてデブリの海を飛んだ。と、まったく予想外の方向からビームの火線が飛来し、閃光《せんこう》と激震が《リゼル》八番機のコクピットを襲った。

すさまじいGが横向きにのしかかり、背中のアタッチメントがぎりぎりと悲鳴をあげる。眼球が飛び出すと思い、思わずヘルメットに手を当てたリディは、火花を噴いて遠ざかるなにかを回転する視界の中に捉《とら》えた。それがビームの直撃で吹き飛ばされた自機の右足だと気づいたのは、殺人的なGが収まり、片足になった機体の姿勢をどうにか立て直したあとのことだった。

AMBAC機動、二十六パーセントダウン。無慈悲に告げるコンディション表示を横目に、リディはとにかくフットペダルを踏み込んだ。あの赤いモビルスーツは、流れに乗って複数の敵と斬り結んでいる。デブリも敵機も等質であるかのごとく振る舞い、すれ違う一瞬にのみ無駄のない一撃を放ってくるのだ。とどめを刺されなかったのは、ひとつの敵に拘泥して流れを止めたくなかったからでしかない。機動力の低下した機体でもたついていたら、次の接触で確実に仕留められる羽目になる。

ニュータイプ、歴戦のパイロット、どれも違う。達人、というシンプルな言葉が脳裏をよぎり、リディは気力が萎《な》えるのを感じた。奴はノーム機の追撃を振り切り、またしても《ネェル・アーガマ》に接近しつつある。たび重なるヒット・アンド・アウェイで砲を潰《つぶ》され、艦が張る弾幕は常時の三分の二に満たない。たった二機で、どうやって奴を止められる——？

「こんなじゃ、みんな……」

思わず口にしてしまってから、ぐっと奥歯を噛み締める。弱気に搦《から》め取られそうな頭を振り、操縦桿《そうじゅうかん》を握り直したリディは、(攻撃中の敵機、聞こえるか)と発した無線の声を聞いた。

(ただちに攻撃を中止せよ。本艦はミネバ・ザビを捕虜にしている。くり返す。本艦はザビ家の遺児、ミネバ・ラオ・ザビを捕虜にしている)

全波帯送信の基幹系無線——だが、通信長や艦長の声ではない。「なんだ……？」と我知らず呟《つぶや》いたリディは、モニターごしに《ネェル・アーガマ》の方を見た。間断なく流れるデブリ群の向こう、弾幕の火線を張る白亜の船体が小指ほどの大きさに見え、(582で映像を送る。確認してもらいたい)と無線の声がそこに重なる。索敵の目を凝らしつつ、無線の周波数を582に合わせると、通信ウインドに見知った顔が浮かび上がった。

心臓が跳ね、操縦桿を握る手が震えた。捕虜、ザビ家、ミネバ。それらの言葉が急に色を帯び、頭の中で爆発して、視界に飛び込んできた少女の顔がぐらりと揺れる。固く結ばれた唇、一点を見つめて動かないエメラルド色の瞳《ひとみ》。昨日、同じこのモニターに映り、恐れずに事態に対処する力を与えてくれた横顔——。

(攻撃が中止されなければ、ミネバ・ザビの安全は保証できない。我々には交渉の準備がある。返答を待つ)

無線の声が続いていた。ミネバ・ラオ・ザビ。ジオンの名を国名に掲げ、かつてのジオン公国を主導したザビ家の忘れ形見。第一次ネオ・ジオン戦争では弱冠七歳にして玉座に収まり、ジオン再興のシンボルに奉られたものの、戦後のどさくさに紛れて消息を絶った。死亡説が取り沙汰《ざた》されながら、水面下ではその捜索が続いていると言われる亡国の姫君。『袖付き《そでつき》』の背後にその人ありとも噂されるジオン残党の星……それが？

理解できなかった。彼女はオードリーなのに。このおれが一目惚れ《ひとめぼ》してしまった相手かもしれないのに。ウインドの中の少女を凝視し、ミネバ・ザビという無縁な名前をもういちど反芻《はんすう》したリディは、視界の端に捉えた光景に息を呑《の》んだ。ちらちらと瞬いていた火線が唐突にやみ、《ネェル・アーガマ》の弾幕が消えたのだ。

赤い敵機の動きはわからないが、新たなビーム光やスラスター光が発する気配はない。この通信が敵機に届き、攻撃が中断されたのだろうことは、前後の状況を顧みるまでもなく明らかだった。（ロメオ001よりブリッジ、状況を知らせ）と押し殺した声で呼びかけるノーム機をよそに、リディはオードリー・バーンの瞳を見つめた。恐れも惑いもせず、毅然《きぜん》と前を見据えるエメラルド色の瞳は、やはり凜《りん》とした美しさを放ってウインドの中にあった。

「ミネバ・ザビ……。彼女が、ジオンのお姫様？」

映像の少女は黙して語らず、ノーム機の督促にブリッジが応答することもなかった。なにをどう考えたらいいのかわからぬまま、リディは時間の止まった戦場を呆然《ぼうぜん》と漂った。

※

（映像は確認した）

涼しい、しかし芯《しん》の通った声音が艦内スピーカーを震わせ、ブリッジにいる全員の心身を震わせた。青ざめた顔を振り向けたボラード通信長に頷《うなず》き、回線維持を目顔で指示したオットーは、初めて聞く敵パイロットの声に耳をそばだてた。

（わたしはネオ・ジオンのフル・フロンタル大佐だ。要求を聞こう）

ミノフスキー粒子を散布していないため、通信状態は悪くない。ニュースや軍の記録映像で何度か耳にした声——シャア・アズナブルの肉声が自然とそこに重なり、オットーは艦長席の肘《ひじ》かけを握りしめた。「声もそっくりじゃないか……」と低く呻《うめ》き、空調と冷却ファンの音だけがこもるブリッジ内に目を走らせる。前面コンソールの副長席から腰を浮かせ、重そうな瞼《まぶた》にじっとり焦りを滲《にじ》ませるレイアムと、その傍らでじっと敵の声に聞き入る操舵長《そうだちょう》と砲雷長。艦長席の隣、空席になっている司令席の背もたれにしがみついたアルベルトは、肉厚の頰をわなわなと震わせ、驚愕《きょうがく》に見開かれた目を通信コンソールの方に注いでいる。ボラード通信長が収まるそこには、ダークブラウンのノーマルスーツに身を包んだダグザ中佐と、彼の副官であるコンロイ少佐が席を挟み込むように立っており——二人の大柄に半ば隠れて、薄紫のケープをまとった少女が静かに佇《たたず》む姿があった。

〈インダストリアル7〉で収容して以来、これまで直接顔を合わせる機会はなかった民間人の少女。唇を引き結び、透き通った緑色の瞳を一点に据え続けるその表情は、送信中の映像を映し出すサブモニターを介して窺うことができた。物怖《ものお》じしないどころか、細い肩に怒りを滲ませ、触れれば感電しそうな空気を周囲に張り詰めさせている。確かに当たり前の民間人ではないな、とオットーは認めた。彼女には特別ななにかがある。烈《はげ》しいまでの自尊心と、生来の気品が相乗して醸し出すなにか。ジオンの支配一族の末裔《まつえい》だと言われれば、そうであろうと思わせるだけのなにかが……。

だが、どうして。なぜ彼女が自分の艦に。戦闘の混乱に紛れてブリッジに押し入り、ハイジャッカーさながら通信コンソールを占拠しただけで、ダグザはなにひとつ説明の口を開いていない。敵が呼びかけに反応した以上、警衛を動員してダグザたちを排除するわけにもいかず、オットーは悪夢を見る思いで少女の背中を注視した。その間に、「攻撃を中止して、即時撤退してもらいたい」とダグザが応答の声をマイクに吹き込み、一同の目がぎょっとそちらに振り向けられる。通信コンソールを占拠した時と同様、コンロイがすかさず拳銃《けんじゅう》のホルスターに手をかけ、中腰になったレイアムらを威嚇するようにした。

「そうすればミネバ・ザビの安全は保証する」

(返してはもらえないのかな?)

「交渉の余地はあると思ってもらっていい。本艦が安全と判断する場所まで移動したあと、という付帯条件はつくが」

(なるほど。捕虜ではなく、人質というわけだ)

赤いモビルスーツのパイロット——フル・フロンタルの冷笑混じりの声に、マイクを握るダグザの横顔がぴくりとひきつる。その視線がちらとこちらに注がれるのを見たオットーは、我に返った思いでレイアムの方を見た。音もなく体を流してきた彼女とヘルメットを突き合わせ、「電波発信源の特定、やっているのか?」と小声で尋ねる。レイアムはセンサー・スクリーンを見上げ、

「方位は探知していますが、こうデブリが多いと……」

「狙撃は無理、か」

通信で注意を引き付け、動きが止まったところを一撃。ダグザの思惑は、味方より早く敵に伝わっていたらしい。正面のメイン・スクリーンに視線を移し、敵機を包み隠す無数の岩塊を睨《にら》み据えたオットーは、（交渉と呼ぶには、不確定な要素が多すぎる）と続いたフロンタルの声にひやりとなった。

（映像のミネバ様が、本物であるという確証もない）

「疑うなら、本艦に乗り込んで直接、確かめたらどうだ？」

（それも手ではある。我々が安全と判断する場所まで、貴艦に同道してもらう必要はあるが）

落ち着き払った声音で、フロンタルは言う。相手のルールには乗らず、隙《すき》あらば自分のペースに引き込む言葉を繰り出してくる。きれる男だ、とオットーは思った。本物のシャアであるかどうかはともかく、この男は交渉というゲームの進め方を熟知している。ダグザも同感らしく、「赤い彗星《すいせい》の再来と呼ばれる男が、ずいぶんと慎重なことだ」と返した横顔には、微《かす》かな焦りが滲み出していた。

（我々は貴官らが定義するところのテロリストだ。軍と認められず、国際法の適用も期待できないとなれば、臆病《おくびょう》にもなる）

「我々は人権は尊重する」

（民間のコロニーに特殊部隊を送り込んでおいて、そのセリフは聞けないな。まして貴官

は、人質を楯《たて》にしてものを言っている身だ）

完全に向こうのペースだった。ぐっと声を詰まらせたダグザを逃さず、（では、今度はこちらの要求を言う）とフロンタルの涼やかな声が続いた。

（〈メガラニカ〉より回収した物資、それと『ラプラスの箱』に関するデータをこちらに引き渡してもらいたい）

司令席にしがみついていたアルベルトが、思わずというふうに身を乗り出す。全員が息を呑んで見守る中、「見返りは？」とダグザは言った。

（以後の安全な航海、ということでは不服かな？）

「不服はないが、応じようがない。我々は『ラプラスの箱』なるものを持っていない」

（ガンダム・タイプのモビルスーツを回収したはずだが？）

「あれは連邦軍の資産だ。『箱』とは関係がない」

（それは我々が判断する。要求が入れられないなら、貴艦は撃沈する）

脅しではない、事実を述べたと思える声音が風になって吹き抜け、ブリッジの空気を凍《い》てつかせた。血の気の引いた一同の顔を背に、「捕虜の命は無視するというのか」とダグザが声を荒らげる。

（本物のミネバ様と確認できないと言った。不確定要素に基づいた交渉には応じかねる）

フロンタルが冷静に応じる。微かに顎《あご》を上げ、感情を呑み込むように瞼を閉じた少女をよそに、(三分、待とう)と無線の声が淡々と告げた。

(それを過ぎて有益な返答がない場合、当方は貴艦を撃沈する。賢明な判断を期待する)

応答を待たずに、電波発信は途絶えた。ダグザはマイクを握りしめたまま立ち尽くし、少女は無言の顔をうつむけた。しばらくは誰も口を開こうとせず、重苦しい沈黙の時間がブリッジに降りた。

それぞれに事態を受け止め、消化するのに必要な沈黙……だが、なにをどう受け止めればいい? シャアの再来と呼ばれる敵、ミネバかもしれない少女。すべてが確定要素を欠いている。唯一確かなことは、現状の戦力では敵に太刀打ちできないという一事のみ。交渉を引き延ばそうにも、自分たちは『ラプラスの箱』なるものの正体すら知らないのだ。いっそ敵の要求を受け入れ、わけのわからぬモビルスーツなどくれてやれという気にもなるが、さすがにそれは容認できない。連邦軍人として、なにより今次作戦でひとりならず部下を死なせた艦長として……だが、それこそ指揮官の無能を示す思い込みではないか? 正体不明の機密を死守するために、三百名あまりのクルーに心中を強要する権利が誰にあるというのか――。額に滲んだ脂汗を拭《ぬぐ》うのも忘れ、オットーはダグザの背中を見つめた。手にしたマイクを潰《つぶ》れるほど握りしめ、「ブラフだ」と吐き捨てたエコーズ隊司令は、一瞬だけ合わせた視線をすぐに逸《そ》らしていた。

「ジオン残党の星を、彼らが見捨てるわけはない」

「それはどうかしら」

ミネバかもしれない少女が不意に口を開き、ダグザは先の言葉を呑《の》み込んだ。澱《よど》んだ空気に波紋が拡がり、ブリッジにいる全員の視線がそちらに集中する。

「フル・フロンタルは、あのシャアかもしれないと言われている男です。ジオン・ダイクンの遺児が、親の仇《かたき》であるザビ家の末裔《まつえい》を大事にするはずがない」

一同の視線を風と受け流し、ミネバかもしれない少女は微塵《みじん》も動揺していない顔を上げた。気圧《けお》された素振りを見せたのもつかのま、「そのおっしゃりようこそ、ミネバ・ザビご本人のものだと思えますな」と返したダグザは、マイクを捨ててホルスターからM-92F自動拳銃を引き抜いた。固唾《かたず》を飲んだボラード通信長の目前で、少女のこめかみに銃口を突きつける。

「ならばなおのこと。『袖付《そでつ》き』の中にいるザビ派を従わせるためにも、フロンタルはあなたを見捨てられない」

「そう信じるなら、益のない交渉を続けるがよい。だがジオンの武人は、貴公らほど甘くはないぞ?」

突きつけられた銃口を意に介さず、強い意志を凝固させた瞳《ひとみ》がダグザをまっすぐ睨み据える。その容貌《ようぼう》からは想像できない口調、見る者を無条件にたじろがせる視線が、なによりも雄弁に彼女の出自を証明していた。オットーは生唾《なまつば》を飲み、ミネバ・ザビに違いない少女の横顔を凝視した。

「勝敗はすでに決している。この上は、以後の友軍の損害を最小限に止《とど》めるのが軍人の務めのはず。ジオンの軍人なら、この間に『ラプラスの箱』に繋《つな》がるものは処分することを考える」

ダグザの目が微かに震え、手にした銃口もわずかに震える。全員が身じろぎもせずにミネバを注視する中、「そ、そうだ」とアルベルトが思い出したように口を開き、司令席を蹴《け》って二人の方に体を流していた。

「彼女の言うことは正しい。いまのうちに《ユニコーン》の電装部品を破壊しておこう。その上で連中に引き渡して、我々は降伏すればいい」

ダグザもミネバも、互いを見据える目を動かさなかった。アルベルトはその視線の間に割って入り、

「あれは鍵《かぎ》であって、『箱』そのものではない。あれさえ壊してしまえば、『箱』の安全は――」

舌打ちしたダグザの目が通信パネルに注がれる。同時にコンロイが行動を起こし、背後からアルベルトの口を塞《ふさ》いでいた。ミネバの目もすっと細められ、ダグザが手にするマイクと、回線が繋がったままになっている通信パネルを見る。こちらが本気であることを伝えるため、故意に切らずにおいた無線が、敵に予定外の情報を与えてしまった格好だった。

事態がわからず、もがくアルベルトの頭にコンロイが銃口を押しつける。ブリッジ内で拳銃を振り回す傍若無人ぶりに、レイアムが制止の挙動を取ろうとした時には、反射的に動いた銃口が彼女の方に向けられていた。まずい、という表情を浮かべたものの、引っ込みがつかなくなったコンロイに対して、他のブリッジ要員たちも気色ばんだ目を向ける。落ち着け、と怒鳴りかけたオットーは、ふっと嗤《わら》ったミネバの吐息を聞いた。

「いかにも連邦的な光景だが、どうするのか？　ダグザ・マックール中佐」

冷笑を浮かべた目をダグザに据え、ミネバは続けた。

「その勇気があるなら、『箱』を壊し、私を殺すがいい。貴公らは死ぬことになるが、『箱』と私の喪失によって、ネオ・ジオンに打撃を与えることはできる」

ダグザの額に汗が滲《にじ》む。ミネバは挑発的な笑みを口もとに刻んだ。

「あるいは、このままなにもせずにすべてを奪われるか。猶予はあと一分とないぞ」

すっと鼻から息を吸い込み、ダグザは手にする銃口をミネバの額に押しつけた。その横顔から表情が消え、ミネバの拳《こぶし》が握りしめられる。よせ、やめろ、彼女の術中だ。咄嗟《とっさ》に腰を浮かしかけたオットーは、「またそんな話し方をする。ダメだよ！」と発した別の声に虚をつかれた。

開放したブリッジの戸口に、頭に包帯を巻いた少年の姿があった。「君、ノーマルスーツも着ないで……！」と立ち塞がろうとしたレイアムの脇をすり抜け、ジャンパーを翻した体が脇目も振らずにミネバの傍らに近づいてゆく。収容した民間人のひとり――いや、あの《ガンダム》に乗っていた少年か。オットーが思いつく間に、少年はダグザを押し退《の》けるようにしてミネバの前に立ち、その肩を両手でつかんでいた。

「オードリー、そんな話し方は人も自分も追い詰めるだけだよ。ここを出よう」

他のなにも映していない目だった。ダグザを相手に一歩も退《ひ》かなかった横顔に亀裂が入り、「バナージ……」と呟《つぶや》いたミネバの瞳が揺れる。

「君はこんなことに関わるべきじゃない。おれたちと一緒にいよう」

ミネバの手をつかみ、その場から離れようとする。引きずられそうになった体を踏み留まらせ、ミネバは少年の手を力任せに振りほどいていた。

「オードリー……！」

「私はミネバ・ザビである。オードリーではない」

「なにを言ってるんだ。君はオードリーだよ。嘘でも本当でも、おれにはオードリー・バーンだ」

こうも正面きって反駁《はんばく》されるのは、彼女には初めての経験だったのかもしれない。息を呑んだあと、ミネバはゆっくり顔をうつむけていった。再びその手をつかもうとした少年を、「やめないか」とダグザが一喝する。

「子供の理屈が通る時ではない。ここから出ろ」

「子供って……なら、オードリーはどうなんです」

「彼女はネオ・ジオンの要人だ。君とは違う」

「違いませんよ！　おれが子供ならオードリーだって子供だ。子供を人質にするなんて、大人のやることですか！」

その全身から迸《ほとばし》った声音が、ダグザの口を塞ぎ、澱んだ空気を吹き散らしたようだった。鈍った頭を蹴飛ばされた感覚を味わいながら、オットーはバナージと呼ばれた少年を見た。自分の子供よりまだ幼いと思える横顔に胸を突かれ、すぐに目を背けた刹那《せつな》、（時間だ）と無線の声が響き渡った。

（返答を聞こう）

一同の目が艦長席に注がれ、次いでダグザの方に向けられる。手にした自動拳銃《けんじゅう》を下ろしたきり、ダグザはなにも言わなかった。もはや……いや、端《はな》から選択の余地はない。レイアムと頷《うなず》きあい、戦闘再開を各部に伝達するよう目で促す一方、オットーはもう一度バナージの横顔を見遣《みや》った。

そこになにかがあると期待したわけではない。ただ、身動きの取れない大人たちの中で、彼だけが出口を見定めているという感覚は、間違いなくオットーの中にあった。

※

中空に浮かぶマイクが、空調の風を受けてゆらゆらと揺れていた。ダグザはそれを手に取ろうとしない。左手を被覆帯に縛られ、自由になる右手には拳銃を握って、なにもせずに立ち尽くしている。拳銃なんて、もうなんの役にも立ちはしないのに。

オードリーも顔をうつむけ、押し黙っている。さして広くもないブリッジを見渡し、バナージは誰かがなにかを言うのを待った。誰もなにも言わず、目を合わせようともしない。それぞれが別の方向を見遣り、互いに顔を背けあうようにしている。唯一、艦長席に座る男と目が合ったものの、彼もバナージの視線に応えてはくれなかった。ダグザも、アルベルトも、他のクルーたちも——。

なんでなにもしない。なんで黙っていられる。全員が他の誰かが口を開くのを待っているような、この気持ちの悪い沈黙はなんなのだ？　そう思い、再びオードリーに視線を戻した時、（了解した）と無線の声が短く告げた。

（貴艦は撃沈する）

それだけだった。通信は切れ、一拍の間を置いて「来るぞ！」と艦長らしい男の怒声が響き渡った。

「対空防御！　モビルスーツ隊、各個に迎撃に当たれ」

　大柄な女性士官がコンソールに取りつき、各部への伝達を開始する。他のクルーたちも各々の担当部署と連絡を取り始め、ブリッジは途端に騒がしくなった。いったん回り出せば、一致団結して巨大な機構を動かす精巧な歯車――でも、自分からは動くことも止まることもしない。一瞬前とは打って変わった喧噪《けんそう》に押し流され、通信席の背もたれに手をついたバナージは、所在のない視線を前方の窓に泳がせた。軍人も仕事のひとつ、という先の感慨をあらためて引き寄せ、どうすればいい？　と内心に自問する。

　工場がそうであるように、分業体制が確立した軍人という職業。艦長すらこの歯車のひとつに過ぎず、《ネェル・アーガマ》という艦そのものも軍という巨大な機構の歯車に組み込まれている。だとしたら、歯車を動かしているのはいったい誰だ。将軍、連邦政府首相、あるいはアナハイム・エレクトロニクス？　いや、アルベルトも歯車の役割を演じているだけで、決定権はないように思える。ネオ・ジオンの重要人物であるらしいオードリーでさえ立場に縛られ、自分の言葉を話せずにいるのだから、トップと呼ばれる人たちはみんな同じようなものかもしれない。誰もが歯車でしかないのなら、『ラプラスの箱』を畏《おそ》れ、人質を使ってでもそれを守ろうとしているのは誰だ。組織という機構自体が意思を持ち、人を服従させているとでもいうのか。

　窓ごしにビームの火線が走り、爆散するデブリの光輪がブリッジを照らした。こんなのバカげている。艦長たちの怒号が飛び交う中、無言で立ち尽くすダグザを見上げたバナージは、『『箱』なんて渡しちゃえばいいでしょう⁉』と叫んでいた。

オードリーが顔を上げる。ネオ・ジオンが『ラプラスの箱』を手にすれば、また大きな戦争が起こってしまう――そうなのかもしれない。でも、それがなんだというのだ？　誰もその正体を知らない。オードリーの危惧《きぐ》が現実になるという確証もない。「中身もわからないもののために、みんなが死ぬなんて……！」と重ねたバナージは、「では、君は責任が取れるのか？」と発したダグザの声の硬さに、続ける言葉をなくした。

「『箱』に秘められた力が本物で、それがより多くの人を殺す結果になった時、君はなんと言って死者や遺族たちに詫《わ》びる。どうやって埋め合わせをするつもりだ」

ずん、と足もとに震動が走り、床から離れた靴底が中空を漂った。窓の向こうでビーム光が交錯し、膨れ上がった爆光がダグザの顔半分を染める。絶句したバナージから目を離し、傍らの部下を見遣ったダグザは、「呼びかけを続けろ」と言って拳銃を握り直した。レスラーのような体軀《たいく》の部下が我に返った顔で頷き、中空に漂うマイクを手にする。

「攻撃を中止せよ。さもなくばミネバ・ザビを処刑する。これは脅しではない」

衝撃音がこわ張った声をかき消し、アラートと損傷報告の怒声が重なる。呼びかけを続ける部下も、オードリーに銃を突きつけるダグザも、もうそれでなにかが解決されるとは期待していない。目の前の戦闘に没入する艦長たち、人質を無視して攻撃を続ける敵のパイロットともども、決められた役割を演じているのに過ぎない。与えられた責任に応じて定められた役割、選択肢――ちょっと位相をずらせば別の選択肢もあるはずなのに、そのちょっとが踏み出せない。いまの自分がそうであるように、責任という言葉の重さに目も口も塞《ふさ》がれてしまっている。

だから大人は本音を話せないのだ、とバナージは不意に思いついた。律儀であればあるほど、己の職責に没入し、全体を見渡す視点を失ってゆく。そしてどうにも立ち行かなくなった時には、誰かに責任を押しかぶせて沈黙を通す。そんな資格はなかった、権限はなかったという言い方で責任の所在を曖昧《あいまい》にし、目先の保身に終始する。それで世界という全体が滅んだら、その時にはきっとこう言うのだ。自分には、世界を救うだけの資格と権限がなかった、と。

彼女を救い出すには、世界の重みを引き受ける覚悟がいる――このことか。どこにも悪意はない、この律儀な人々が織り成すしがらみこそが、世界の重みか。もはや誰かになにかを期待する心理はなく、バナージは自分の手のひらを見つめた。

まだ働くことの意味も痛みもろくに知らない、薄い皮が張りついているだけの手のひら。こんな手で世界の重みを引き受けられるとは思えない。でも、オードリーに触れることはできる。虚勢を張った細い体を引き寄せ、互いの体温を伝えあうことはできる。そのために必要なことなら、なんでも――。

「……ここを乗り切ってみせればいいんでしょう？」

ぼそりと呟《つぶや》き、バナージは顔を上げた。

「あの赤いモビルスーツを倒せば、オードリーを人質にしなくて済むんでしょう？　やりますよ！」

呆気《あっけ》に取られた顔のダグザを一瞥《いちべつ》してから、踵《きびす》を返す。オードリーの視線を背中に感じたが、立ち止まったら動けなくなる恐怖に駆られて、バナージは振り返らずにブリッジを飛び出した。

全身の熱がこめかみのあたりに集中する。ずきずきと脈動する熱に促され、頭の包帯を振りほどいたバナージは、下部デッキに通じるエレベーターに乗り込んだ。箱の内側に手をつき、モビルスーツ・デッキがある階層のボタンを押す。目を閉じ、おれはなにをしようとしているんだ？　と自問しかけた瞬間、閉まりかけたドアになにかが差し挟まれる気配が伝わった。

再び開いたドアの向こうに、ノーマルスーツを着たアルベルトの姿があった。戸口に手をつき、エレベーター内にずんぐりとした体を滑り込ませたアルベルトは、眉《まゆ》をひそめたバナージににたりと笑ってみせた。

「まあ待て。バナージくん、だったな？」

ドアを閉じ、ヘルメットに覆われた顔をぬっと近づけてくる。バナージは汗ばんだ拳《こぶし》を握りしめた。

※

四方に対空火線を放射する《ネェル・アーガマ》は、断続的に瞬き続ける巨大な花火だった。火花に触れたデブリが爆光を連鎖させ、暗礁の宇宙に光の饗宴《きょうえん》を描き出す。赤いモビルスーツ——《シナンジュ》がその饗宴に分け入り、白亜の船体に直撃を加える。オレンジ色の火球が膨脹し、《ネェル・アーガマ》の火線がまた少し勢いを弱める。リディは、爆発の反射光が赤い敵機を浮かび上がらせるのを見た。それは瞬く間に消え去り、微《かす》かに閃《ひらめ》いたスラスター光が虚空に尾を引いた。

「おまえだ！　おまえさえいなければ……！」

片足をなくした自機をウェイブライダーに変形させ、フットペダルをいっぱいに踏み込む。加速のGが全身にのしかかり、機体に衝突する細かなデブリが神経に障る音を立てる。少し大きめのデブリに当たったら最後だが、かまいはしない。シールドに内蔵したビームガンを撃ち散らしつつ、「退《さ》がれよ！」とリディは叫んだ。

「貴様がいなければ、こんな嫌な作戦はしないで済むんだ。こんな、こんな……！」

《シナンジュ》はデブリからデブリへと飛び、殺到する火線を嘲笑《あざわら》うように回避する。ミネバ・ザビ——自分にとってはオードリーでしかない少女を使っての人質作戦。まるで悪役のやることではないか。ザビ家の末裔《まつえい》であろうとなんだろうと、テロリストを相手に人質を取る我々とはなんなのだ?

「『箱』がなんだってんだ! みんな、こんなくだらないことのために……!」

モビルスーツ形態に変形し、頭部の六十ミリ・バルカンを撃ち放つ。デブリを蹴《け》り、右へ左へと飛ぶ赤い機体を照準に捉《とら》えたリディは、《リゼル》をさらに突進させた。やばいな、頭に血が上っている。白熱する脳裏の片隅で思いながら、再チャージまで残り数秒のビームランチャーを構える。カウント0とともに一射した刹那《せつな》、縦ロールで回避した《シナンジュ》が反転し、その手にするビームライフルがこちらに狙いをつけた。

回避する間はなかった。突っ込みすぎた、やられる。舌打ちしたリディは、横合いからのびたビームの火線が《シナンジュ》をかすめ、その軌道を狂わせるのを見た。

すかさず回避行動を取り、機体を横っ飛びに移動させる。直後、ビームに続いて突進してきたノーム機が《シナンジュ》に肉迫し、リディは全身の熱が一気に冷めるのを感じた。

(落ち着け、リディ少尉! 順番を守れ)

ビームサーベルを引き抜き、《シナンジュ》に斬りかかったノームの声が無線ごしに弾《はじ》ける。《シナンジュ》もビームサーベルを抜き、激突する両者の光刃がスパークの光を虚空に押し拡げた。

（おれは潮時だが、おまえは違う。石にかじりついてでも生き延びろ。おまえには、やらなけりゃならんことがある……！）

高熱の粒子束が二度、三度と干渉の光を閃かせ、入り乱れる二機のシルエットを浮かび上がらせる。介入しようにもその隙《すき》がなく、ビームランチャーのチャージもまだ時間がかかる。（かまうな。撃て！）と発したノームの怒声を、リディはなす術《すべ》なく聞いた。

（仲間の犠牲を無駄にするな。おまえは――）

ざっと走ったノイズが、続く言葉をかき消した。目の前で爆発の光球が膨れ上がり、返り血さながら光を浴びた《シナンジュ》がモニターに映える。「ノーム隊長……！」と叫んだ頭が真っ白になり、リディはつかのま体が動かせなくなった。ちぎれ飛んだノーム機の腕がすぐ脇をかすめ、その開ききった手のひらが心身のいちばん深いところを抉《えぐ》り取ってゆく。《シナンジュ》のモノアイが不遜《ふそん》に光り、取り残された手負いの敵機を憐《あわ》れんだようだった。

「おのれ……！」

ありったけの気合を吐き出し、赤い死神のプレッシャーを押し返す。おれはパイロットだ。やらなければならないことがあるとすれば、目の前の敵を墜《お》とすことだけだ。胸に刺さったノームの言葉を退け、リディはビームランチャーのトリガーに指をかけた。チャージ完了のアラームがいまさらのように鳴り響く。

ノーム機の痕跡《こんせき》を示すガス雲を吹き散らし、モノアイを閃かせた《シナンジュ》が機体の下に回り込む。リディは失探《ロスト》を装ってそれをやり過ごし、敵が再び接近してくるのを待った。奴のビームライフルも無限に弾があるわけではない。《ネェル・アーガマ》の無力化に必要な分もあれば、次はぎりぎりまで接近して一撃必殺を狙ってくるはずだ。二十キロ圏内に到達した時が勝負。一太刀なりと返せれば、相討ちになってもいい。

相対距離が近づく。センサー画面に敵影を捉えつつ、リディは二十キロを割った瞬間に機体の姿勢を転換した。全身の姿勢制御バーニアを吹かし、縦に九十度回頭した《リゼル》が《シナンジュ》と正面に向き合う……かに見えたが、機体は予定の角度で固定されず、なにかに引きずられるように左に曲がっていた。

右足の喪失が、AMBAC機動に誤差を生じさせたのだ。気づいた時には遅く、一度は射界に捉えた敵機が斜めに行き過ぎてゆく。リディは咄嗟《とっさ》にフットペダルを踏み込んだが、間に合わないことはわかっていた。撃たれる。直撃がくる。誰の期待にも応《こた》えられず、射的の的も同然になって死ぬ。実感のない言葉の羅列が頭を塗り込め、操縦桿《そうじゅうかん》を握る指先まで硬直させた刹那、あの波動がコクピット内に吹き抜けるのをリディは知覚した。

赤い敵機が急きょ軌道を変え、《リゼル》との接触コースから離脱する。奴も感じたのか？　こちらもすぐさま回避運動に入ったリディは、肌を粟立《あわだ》たせる波動の源をオールビューモニターの中に探した。心臓と同期するように脈打ち、虚空に拡散する波動——昨日の戦闘でも知覚されたそれは、この時はデブリの海を漂う白亜の母艦から放射されていた。散発的に対空火線を撃ち上げる《ネェル・アーガマ》にカーソルを合わせ、拡大表示させる。左舷《さげん》のカタパルト・デッキを失った船体の中央、艦首を形成する第一カタパルト・デッキのゲートが開き、一機のモビルスーツが射出位置に送り出されつつあった。船体に馴染《なじ》む白い装甲、完全に人型を模した機体。額から斜めに突き出す一本の角――。

「《ガンダム》……!?」

思わず呻《うめ》いたリディに応じるかのごとく、バイザーの奥で複眼光学《デュアル・アイ》センサーがぎらりと閃く。専用ビームライフルとシールドを左右のマニピュレーターに携え、妖気《ようき》を放つ白い機体が《ネェル・アーガマ》のカタパルト・デッキに立った。

※

「第一カタパルトです。《ガンダム》が……!」

通信長の一声に、ブリッジにいる全員の目が通信コンソールに注がれる。どくんと跳ねた心臓の音を聞きながら、オードリー――ミネバ・ラオ・ザビもサブモニターを注視した。ゲートの内と外、複数の監視カメラが捉えた《ユニコーン》の映像が、マルチ画面に映し出される。五連装のEパックを装塡した専用ビームライフルを右手に、機体色と同じ白亜のシールドを左手に装備し、艦載機がそうするように出撃の時を待つ白いモビルスーツ。「誰が乗っている⁉ やめさせろ！」と怒鳴るオットー艦長の声をよそに、ミネバはすでにカタパルトを装着し終えた《ユニコーン》をモニターの中に追った。あの機体を動かせる者はたったひとり。いったいなにをしようというのか――。

こちらに銃口を向けるのを忘れ、ダグザもモニターに見入っている。「《ガンダム》、パイロットは誰か。発進許可は出ていない。戻れ！」と通信長がくり返していたが、《ユニコーン》が応答を寄越《よこ》す気配はない。通信装置を切っているのか、使い方がわからないのか。おそらくは後者だと断じたミネバは、アルベルトと呼ばれている男をブリッジ内に探した。

アナハイム社の役員であるらしい彼は、《ユニコーン》が『ラプラスの箱』の鍵《かぎ》であることを知っていた。あの男なら外部から機体に働きかける方法も知っているかもしれない。ミネバはブリッジを見回したが、複数のノーマルスーツが立ち働く中にアルベルトの姿はなかった。仕方なくモニターに視線を戻そうとすると、通路に接するドアが開き、当のアルベルトがふらりとブリッジに入ってくるのが見えた。

瞬間、思いつくことがあった。ほとんど同時にダグザが床を蹴り、素知らぬ顔で司令席の方に向かおうとしたアルベルトにつかみかかる。びくりと身構えたのも一瞬、すぐに開き直った目をダグザに据えたアルベルトを見て、ミネバは自分の直感が間違っていないことを確信した。

「貴様……！　あの少年を乗せたのか」

ノーマルスーツの胸倉をつかみ上げ、ダグザが言う。ぎょっと振り向いたオットー艦長らとともに、ミネバも詰問の目をそちらに向けた。アルベルトはにやりと笑い、「全員の要求をすり合わせたまでだ」とぬけぬけと答えた。

「彼にはできる限りの装備を持たせた。RX－0の性能は折り紙つきだ。素人のパイロットでも、我々が離脱する程度の時間は稼いでくれる」

「ネオ・ジオンに『箱』をくれてやるようなものだ。よくも……！」

「言ったろう？　あれは鍵であって、『箱』そのものではない」

めずらしく感情を露《あらわ》にしたダグザの声を遮り、アルベルトは悠然と続けた。「鍵が壊れれば『箱』は開かない。連邦の権益は守られるのだから、文句はあるまい？」「貴様……」。それもう一度、今度は全身の血を押し下げる不安を伴って心臓が鳴った。「貴様……」。それを承知で」と呻き、アルベルトを突き放したダグザを背に、ミネバは《ユニコーン》を映すサブモニターの方に向き直った。

「心配は無用だ。バナージくんは戦ってくれるよ。RX－0が破壊されるまで」

慣性に流されるまま、壁に背中を押し当てたアルベルトが言う。彼は――通信長の呼びかけにも応《こた》えず、《ユニコーン》のコクピットで出撃の時を窺《うかが》うバナージは、そんな打算が背後に働いていることを知らない。破壊されるため、『箱』の秘密とともに消滅するために、《ユニコーン》に乗せられたことを知らない。ビスト家の血を継いだ者の因果？そうかもしれない。でも、彼はしがらみや義務に駆られてそうしたのではない。もっと単純で力強い情動、熱に押されて《ユニコーン》のコクピットに乗り込んだのだ。

その彼が行ってしまう。あの素肌に張りつく手のひらの持ち主が、二度と戻れない道に踏み出そうとしている。そうわかった瞬間、自分でも想像外の感情に衝《つ》き上げられ、ミネバは通信長を押し退《の》けるようにしてコンソールに手をついた。それまで律してきたものが瞬時に崩れ、自分が剝《む》き出しになる恐怖を覚えながら、声の限りに叫んでいた。

「バナージ、やめて……！」

※

《ユニコーン》用に開発されたというパイロットスーツは、一般的なパイロットスーツに比しても遜色《そんしょく》がない、より洗練されていると言っていい代物だった。作業用のノーマルスーツより高品質なガラス繊維、フレキシブル・プラスチックによる混紡の五重織りは、体のラインがわかるほどに生地を薄くすることに成功しており、その上に耐G装置と生命維持装置を収めたベスト状のアーマーが装備される。アーマーからは複数のチューブが延び、腕や肘《ひじ》の耐G装置と繋《つな》がっていたが、スーツの内側に通っているので不格好ということはなかった。色は《ユニコーン》の機体色に合わせた純白で、アーマーを縁取る朱色のラインが全体の印象をスマートにしている。胸にはビスト財団の紋章たる一角獣が描かれ、シンプルなデザインにうるさくない程度のアクセントを付けていた。

（そのパイロットスーツには、耐G負荷を薬理的に軽減するシステムが内蔵されている。NT-D発動時にオートで作動するはずだ。浸透圧の無痛注射だが、作動時には軽いショックが来るぞ）

発着艦指揮所にいるアルベルトの部下——秘書だと言っていたが、明らかにその筋の訓練を受けた男だ——が、無線ごしに告げる。薬理、注射という響きにぞくりと寒気を覚えつつ、バナージは「NT-D？」と聞き返した。

（RX-0のリミッターが解除された状態のことだ。任意では発動できないが、君は一度それを使いこなしている。大丈夫だ）

男の声には、なだめすかすような色があった。アルベルトの手回しでパイロットスーツを身に着け、《ユニコーン》のコクピットに収まるまでの間、ずっとこの種の声に背中を押されてきたとバナージは思いつく。ようは体《てい》のいい楯《たて》にされているということなのだろうが、どうでもいい。あの赤いモビルスーツを退けて、脱出の時間を稼げばいいだけのことだ。それが可能かどうかを判断する理性は半ば停止したまま、バナージはオールビューモニターに映る無数の爆光を直視した。CGで再現された、ゲーム画面のように薄っぺらな宇宙——。

ふと、虚空の一点に鋭いなにかが凝《こご》り、背筋を粟立たせた。ここにいてはまずい、的《まと》になる。プチモビのそれを引き移して安全確認を終え、リニア・シートの両脇にある操縦桿を握ったバナージは、「発進準備、よし」と無線に申告した。応答はなかった。カタパルトのカウントダウンが開始される気配もなく、制止を訴えるオペレーターの声だけが艦内オールの無線から聞こえてくる。異変に気づいた艦長たちが、カタパルトの管制をブリッジからの一元操作に切り替えてしまったのかもしれない。

虚空に凝ったなにかが鋭さを増す。動かないカタパルトをモニター内に見下ろし、正面に目を戻したバナージは、ありったけの力を腹に込めた。「強制解除!」と叫ぶと同時に、カタパルトの接合を解き、フットペダルを踏み込む。

踵裏《かかとうら》のフックが外れ、《ユニコーン》の機体がふわりとデッキから離れる。直後、飛来したビームがカタパルトを焼き、爆発の光と衝撃波が足もとで炸裂《さくれつ》した。たちまち遠ざかる《ネェル・アーガマ》を眼下に、ビームの飛来方向に目を走らせたバナージは、右手に持たせたビームライフルを射撃位置に保持した。

照準画面が開き、デブリの中を駆け抜ける赤い敵機をオートで捕捉《ほそく》する。「見つけた!」と叫んだ頭が白熱し、バナージは夢中で発射トリガーに指をかけた。

「行けっ！」

操縦桿《そうじゅうかん》と連動する《ユニコーン》のマニピュレーターが、ビームライフルのトリガーを引く。刹那《せつな》、防眩《ぼうげん》フィルターでも抑えきれない閃光《せんこう》が膨れ上がり、膨大なエネルギーの奔流が《ユニコーン》の機体を揺らした。同時にEパックが空薬莢《からやっきょう》さながら排出され、スライドした次発弾がチェンバーに装填される。

敵弾よりはるかに太い光軸がデブリの海を走り、直径三十メートルほどの岩塊に直撃すると、瞬時に灼熱《しゃくねつ》、爆散した岩塊が無数の光芒《こうぼう》を虚空に拡散させる。それは光の渦と化し、岩塊の背後にいた敵機をも巻き込んで衝撃波を押し拡げた。想像外の威力に戸惑ったかのように、《シナンジュ》と呼ばれる敵機が慌てて体勢を立て直し、赤い装甲に爆光を映して回避運動に入る。

「すごい……！」

四発分のEパックを一撃で使いきる、これがビームマグナムとも呼ばれる《ユニコーン》専用ライフルの威力。圧倒的なパワーに目を瞠《みは》る一方、使いこなせるのか？　という思いがいまさらながら浮かび上がり、バナージは生唾《なまつば》を飲み込んだ。

※

通常のビームが〝火線〟であるなら、それは〝火球〟と表現されるべきなにかだった。敵艦の主砲……にしては方位が違う。新たに出撃した敵モビルスーツが撃っていると思える。

「なんだ……⁉」

悪寒が走った。フル・フロンタルの色に染められていた戦場が、別のなにかに浸食されてゆく。思わずヘルメットをかぶり直した途端、その異様な〝火球〟が五キロと離れていない空間をかすめ、アンジェロは戦慄《せんりつ》した。ビームランチャーなどという代物ではない。戦艦の主砲に匹敵するメガ粒子の塊が虚空に閃《ひらめ》き、親衛隊機のシルエットを浮かび上がらせさえしたのだ。二撃、三撃と続く火球の射線はでたらめだが、威力がすさまじいだけに油断はできない。楯に使ったデブリが次々に爆散し、《シナンジュ》は回避で手一杯になっているように見える。

「メガバズーカ・ランチャーとでもいうのか？　しかし、この速射性は……」

モビルスーツが携行する兵器の中では最大級の威力を誇るメガバズーカ・ランチャーは、ビームランチャー以上にチャージの時間を食い、連射ができないという致命的な欠点がある。それと同等の破壊力を有しながら、ビームライフル並みの速射性を持ち、なおランチャーに劣らぬ射程距離を誇る携行兵器。なんだ？　と口中にくり返し、アームレイカーを握りしめた瞬間、再び膨大なエネルギーが至近距離をかすめるのをアンジェロは見た。

流れ弾でしかないそれは、セルジ少尉の《ギラ・ズール》をかすめて過ぎた。ライフル弾なら軽い火傷《やけど》で済む距離だったが、火球から飛散する高エネルギー粒子は機体の装甲を溶かし、セルジ機はものの数瞬でぐずぐずに崩れたスクラップになった。擦過《さっか》の衝撃波が続けて襲いかかると、その機体は腰を境に真っ二つに折れ、生き別れになった上半身と下半身がつかのま虚空を漂った。

無線に呼びかける間もなかった。「な……!?」と絶句したアンジェロの目前で、二つに散ったセルジ機は爆発の光輪に呑《の》み込まれた。無線にざっとノイズが走り、真空を伝播《でんぱ》する衝撃波が鈍い重低音をコクピット内に響かせる。

「かすめただけで撃破だと!?　いったいあれは……!」

拡散してゆく爆光を背に、戦場に目を走らせる。何度目かの光芒が虚空を揺さぶり、コロニーの破片と思《おぼ》しきデブリを直撃した。爆散したデブリに行く手を遮られ、急制動をかけた《シナンジュ》の背後に敵機が移動する。ここからでは粗いCG画像にしかならないが、白無垢《しろむく》の機体は間違いなく《ガンダム》――マリーダ・クルスをすら退けたという、連邦の悪魔の名を継ぐモビルスーツ。その強力すぎるビームが再び放たれるより早く、アンジェロはビームランチャーのトリガーを引き搾っていた。

砲口から迸《ほとばし》ったビーム光が紫色の装甲を照らし、放たれた光軸が白い敵機をかすめる。考えてしたことではなかった。《ガンダム》もどきは慌てて飛びすさり、体勢を立て直した《シナンジュ》がその足もとに回り込もうとする。キュアロン中尉も援護の火線を張り始めたようだが、アンジェロはろくに見ていなかった。トリガーを引いてしまった。フロンタル大佐の戦場を汚してしまった。ほとんど真っ白になった頭にどす黒い悔恨が滲《にじ》み出し、操縦桿を握る指先がわなわなと震えるのを自覚した。

信頼と忠節、そこから生じる自負によって織り成される清廉な布が、その一撃で決定的に汚された。いくら洗っても汚れは落ちないし、買い替えることもできない。二度とはもとに戻らないという意味では、いまひとつの世界が失われたのだとアンジェロは理解した。

トリガーを引かぬ、引かせぬことで成り立っていた至高の世界は、もはや存在しない。あの白いモビルスーツがそれを壊した——これまで自分を汚し、何度となく世界を奪い去っていった、あの汚物どもと同じように。

「わたしに……わたしに、撃たせたなぁっ⁉」

忘我の境地でトリガーを引き、回避運動に入った白い敵機を狙う。いちど汚れてしまったからには、もう遠慮はいらない。墜《お》とす——なんとしてでも。ジグザグに逃げ回る敵機を照準画面に見据え、アンジェロは機械的にトリガーを引き続けた。おまえもこの手で汚してやる。

※

亜光速で飛来するメガ粒子弾といえども、秒速数キロで移動し続ける物体にそうそう当たるものではない。怖いのは、自機の進行方向と敵の射線が水平に交わった瞬間——すなわち、真正面か真うしろから撃たれた時だ。

それゆえ、とにかくジグザグに動き回る。慣性飛行を五秒も続けたら、止まっていると見做《みな》されるのが空間戦闘の実態だった。狙う側もそれを心得ているので、僚機がいる場合は一機が追い込みをかけ、もう一機の射線上に敵を誘導するように仕掛ける。いまバナージが直面している事態こそ、その最たるやり方と言えた。赤い敵機の動きに気を取られ、追撃に集中しようとすると、長距離から飛来するビームに危うく足を取られそうになる。

「二対一……いや、三対一か」

頭上をかすめたビームにひやりとしつつ、バナージは口中に呟《つぶや》いた。赤い敵機と、長距離から支援する敵機が二機。赤い奴の誘いに乗るや否や、三次元に交錯する十字火線が襲いかかってくる。あれに当たるわけにはいかない。

「落ち着けよ、バナージ。憶《おぼ》えてないけど、訓練は受けてるはずなんだ。あの人から……」

こめかみがずきずきと脈動する。頭にバンドをつけて、襲いかかるターゲットに意識を凝らした時と同じ感覚だった。右へ左へと機体を移動させながら、バナージは《ユニコーン》の腰部にマウントされた予備のマガジンを引き抜き、空になったビームライフルに装塡した。ひとつのマガジンで五発、予備を入れてあと十発——訓練の時は弾数に制限はなかった、と朧《おぼろ》に思い出す。

無駄弾は撃てない。バナージは、小刻みに点滅する赤い敵機のバーニア光をオールビューモニターの中に追った。殺気が全方位から押し寄せ、汗みずくの肌を冷たく刺激する。いまこの瞬間にもどこからかビームが飛来し、コクピットを焼くかもしれない。敵を見失うな。食《く》らいつけ。追われる側でなく、追う側に回れ。

一撃、二撃。《ユニコーン》のビームライフルが火を噴き、灼《や》けたマグナム・カートリッジが勢いよく排莢《はいきょう》される。太い光軸が一瞬だけ閃き、蒸散した細かなデブリが無数の光輪を弾道に刻む。その光の乱舞が防眩フィルターを殺し、バナージは白色光に染まったモニターから顔を背けた。赤い敵機が素早く身を翻し、失探《ロスト》のアラームがコクピット内に鳴り響く。

対物感知センサー、熱源探知センサー、どちらも反応なし。どっと冷汗が噴き出すのを感じながら、バナージは上下左右に目を走らせた。《ネェル・アーガマ》のレーザー信号と、一機だけ残った味方機の信号は受信できるが、敵機の反応はどこにもない。無数のデブリが周囲を流れ、対物感知センサー画面をほとんど真っ白に塗り潰《つぶ》す。その中に紛れるいくつかの熱源は敵機か、爆発の余熱を燻《くすぶ》らせる金属片か――。

「クソ、まるで接触できない……！」

僚機の射線上に誘導するだけで、赤い敵機は一発も撃ってきていない。まだ同じ土俵に立ててさえいないのだ。焦りに駆られて三撃目を放ち、すかさず機体を横ロールさせたバナージは、斜めうしろで凶暴な光が爆《は》ぜるのを見た。

至近距離をかすめたメガ粒子弾が《ユニコーン》の全身を照らし、衝撃波に押しひしげられた機体に横向きのGがかかる。ビームの擦過。装甲に当たった残粒子がカンカンと小石のような音を立てる中、両腿《もも》がぎゅっと圧迫されるのをバナージは感じた。パイロットスーツに仕込まれた気嚢《きのう》が膨らみ、足に血が下がるのを防いでいるのだ。一瞬、薄暗くなりかけた視界に敵影が映り、バナージはすっぽ抜けそうになった操縦桿《そうじゅうかん》を危うく握り直した。

次は直撃がくる。咄嗟《とっさ》の直感に従ってフットペダルを踏み、機体を移動させつつビームマグナムを撃つ。巨大な光条が虚空を裂き、ひらりと身を躱《かわ》した赤い敵機のシルエットがデブリの中に浮かび上がった。

「近い……！」

肌が音を立てて粟立《あわだ》つ。バナージは思わずライフルのトリガーを引き、最後のマグナム弾が排莢される振動音を体に感じた。赤い敵機は横ロールでビームを避け、速度を落とすことなく《ユニコーン》に近づいてくる。懐に入り込まれた、と思った瞬間、人の息づかいが無線の底で立ち上がり、（当たらなければ――）という鋭い声音がバナージの耳朶《じだ》を打った。

（どうということはない！）

赤い敵機のモノアイがぎらりと輝き、ビームサーベルの光刃が足もとからすくい上げてくる。バナージは悲鳴をあげ、夢中で操縦桿を引いた。間に合うタイミングではなかったが、一拍早く背部と脚部のスラスターを点火させた《ユニコーン》は、真一文字に危険域から離脱していた。赤い敵機のビームサーベルが紙一重の差で空を斬り、黄色みがかった残光を虚空に刻む。

インテンション・オートマチック・システム。《ユニコーン》に搭載されたサイコミュがパイロットの感応波を拾い上げ、連動する機体の内骨格――フル・サイコフレームに機動を促したのだ。急場で聞いたアルベルトの説明を思い起こし、「操縦する必要がないって、このことか……」と独りごちたバナージは、ざわりと背中をなでた悪寒に目を見開いた。狙われている。赤い奴に気を取られすぎた。無防備に直線運動をしてしまった数秒を顧み、我知らず左腕のシールドを前面に突き出した刹那《せつな》、メガ粒子の光弾がオールビューモニターいっぱいに拡がった。

直撃する、と覚悟したが、ビームの光軸はシールドの手前で折れ曲がり、風圧にも似た衝撃波が機体を揺さぶるのに終始した。そう、折れ曲がったのだ。間違いなく直撃コースだったにもかかわらず、まるで見えない圧力に弾道をねじ曲げられたかのごとく。

（Ｉフィールドだと……⁉）と敵の声が無線を走り、バナージは事態を理解できぬまま目を左右に動かした。左手に装備したシールドの形状が変わり、まったく別物と言っていいシルエットをモニターごしに際立たせていた。表面の多重装甲を上下に拡張させ、裏面の装甲もスライド展開させたその形状は、楯《たて》というより花を想起させた。

それまで隠されていた円形のユニットを中心に、放射状にスライドした装甲を花弁のごとく展開させ、見えない力場《フィールド》を周囲に形成している。ミノフスキー粒子を圧縮状態に保持し、メガ粒子に偏向作用をもたらすＩフィールド。熱核反応炉の炉心制御に用いられるその力場が、ビームの弾道をねじ曲げた。シールドそれ自体に小型のＩフィールド発生器が内蔵され、ビーム兵器に対するバリアーを作り出しているのだった。

赤い敵機が戸惑った挙動を見せる。機体の無傷を確認し、「こいつ、もつのか？」と口中に呟いたバナージは、詰めていた息を吐き出した。全身の汗が冷えるより早く、最後のマガジンをライフルに装塡し、赤い奴に照準を定める。

「それなら……！」

シールドを前面に突き出し、ビームマグナムを撃つ。爆散したデブリの破片に紛れ、真下に潜り込もうとする敵機に続けて二射。長距離からのビーム攻撃を防げるなら、無闇に動き回る必要はない。落ち着いて狙えば必ず当たる。三射目の光芒《こうぼう》が赤い装甲を照らし、あとひと息、と白熱する脳内に叫んだバナージは、赤い敵機が制動をかけた瞬間に四射目を放った。

爆発の光輪が膨れ上がり、大小のデブリが黒い染みになってモニター内に浮き立つ。やったか？　正面に身を乗り出したバナージは、直後にコクピット内を突き抜けたアラーム音に肝を冷やした。接近警報——下から。理解した時には遅く、赤いモビルスーツのモノアイがぬっとモニターの向こうにせり上がり、その足が《ユニコーン》の腹部を蹴《け》りつけていた。

二十トンを超える鋼鉄の塊が、その質量に速度を掛け合わせた力で激突した結果は、破壊的な反作用を機体にもたらした。《ユニコーン》は後方に吹き飛び、バナージは背中からのしかかる強大なGに押しひしげられた。背中のアタッチメントが軋《きし》み、ディスプレイ・ボードから噴き出したエアバリアーが見えないクッションを形成する。ボードに打ちつけたヘルメットのバイザーが割れずに済んだのは、そのエアバリアーが衝突のショックをやわらげてくれたからだが、体じゅうの骨が砕けるほどの衝撃が吸収しきれるものではなかった。仕留めたと思ったのに、なぜだ？　こちらの弾道を読んで、手持ちのミサイルかなにかを爆発させたのか？　Gに押しひしげられる頭にそれらの疑問が浮かんでは消え、かなわない敵、という結論が恐怖とともに立ち上がる。機体の性能なんて、勝敗を決する要因の半分にも満たない。パイロットの能力は経験と才能、それに——。

突然、すさまじい衝撃が背中に走り、すべての思考を霧散させた。今度は前方からのGにのしかかられ、リニア・シートに押しつけられたバナージは、つっと冷たい水が鼻からこぼれるのを知覚した。蹴り飛ばされた《ユニコーン》の機体が、直径五十メートルほどの石ころに激突したのだった。

偶然ではない。流動するデブリの軌道を読み、衝突させる腹積もりで蹴りを見舞ったのであろうことは、間を置かず距離を詰めてきた赤い敵機の挙動を見ればわかる。朦朧《もうろう》とした視界に閃《ひらめ》くモノアイを捉《とら》え、半ば無意識にビームライフルを突き出したバナージは、最後のマグナム弾が光の瀑布《ばくふ》を正面に打ち立てるのを見た。少しの機動で回避した赤い敵機、点滅するアラート表示、虚《むな》しくトリガーを引き続ける自分の手。なにもかもが半透明の被膜に包まれ、現実感を失ってゆく一方、これで死ぬのか？　という思いがずしりと骨身を軋ませた。

まだなにもできてはいない。《ネェル・アーガマ》はレーダー圏から離脱していないし、赤い敵機はかすり傷ひとつ負っていない。オードリーを助けることもできず、このマシーンを自分に託した父の想いにも応《こた》えられず——。目前の敵機から発散する殺気が風になり、頭皮ごと髪を引っ張られる圧迫感にさらされた一瞬、バナージはいまだ体の奥で燻り続ける〝熱〟を知覚した。

沈黙を処世とする大人たちに背を向け、《ユニコーン》に乗り込んだ時から……いや、もっと前、オードリーと出会った時から内奥に灯った〝熱〟。彼女と一緒に在ってこそ生まれる〝熱〟が、いまだこの体の奥で脈動している。それが恐怖に塗り固められた心身に血を通わせ、全身の毛穴から噴き出しているのがわかる。こんなものではない、まだできることはあるはずだと訴えて退かない〝熱〟が、額を突き抜けて薄い光を爆ぜらせる――。

それが機体を構成するサイコフレームをも突き抜け、《ユニコーン》の一本角に集約されるのをバナージは幻視した。雷に打たれた樹木さながら、二つに裂けた角がV字に展開し、併せて頭部両脇のユニットが半回転する。背面に収納されたビームサーベルのグリップが持ち上がり、フェイス・マスクの下から現れたデュアル・アイ・センサーが人間の目を模して閃くと、スライドした各部装甲の隙間《すきま》から赤い燐光《りんこう》が迸《ほとばし》った。

手首と足首に鈍い衝撃が走り、パイロットスーツの腕に装備された循環装置のモニターが作動する。ディスプレイ・ボードに〈NT－D〉の文字が表示され、コンディション・モニターに図示される機体のシルエットがみるみる変異してゆく。骨格たるフル・サイコフレームが拡張し、各部の装甲がスライド展開した結果、もとの状態よりひと回り大きくなった《ユニコーン》――もはやその名も当てはまらない白いモビルスーツ。コンマ数秒の〝変身〟が終わった刹那、背部ランドセルと脚部から露出したスラスターが白熱し、オートで機動した機体がデブリから離脱していた。赤い敵機のビームサーベルが岩塊の表皮に突き立てられ、噴き上がった砂塵《さじん》が爆発的に拡がる。

その瞬発力、加速性能は、それまでの操縦感覚とはまるで別物だった。すかさず機体を転回させた赤い敵機が、素早くその場を離脱してゆく。こちらを見失ったのだろう敵機の挙動を逃さず、スラスターを焚《た》いた《ユニコーン》が瞬時にその背後を取る。殺人的なGに振り回され、全身が重い液体に漬け込まれたような感覚に襲われつつも、バナージの目はジグザグに逃げる赤い敵機を追い続けた。先刻までろくに接触できなかった機影が、いまは簡単に捕捉《ほそく》できる。意識と機体が完全にシンクロし、マシーンの隅々に自分の神経が張り巡らされているのがわかる。

「これが《ガンダム》……!?」

心臓が狂ったように早鐘を打つ。リニア・シートに押しつけられた全身が熱い。ヘッドレストのアタッチメントにヘルメットが固定されているため、首を動かすことすらできないが、操縦に不便はなかった。V字のマルチブレード・アンテナを金色に輝かせ、意思に反応して動く《ユニコーンガンダム》の頭部が、バナージの思考を先読みして敵機を正面に捕捉してくれるからだ。スラスター光を間欠的に瞬かせ、デブリの狭間を滑る赤い奴。速い——が、その軌道は読めないこともない。

「見える……!」

どろりと粘度を持った空気をかき分け、操縦桿《そうじゅうかん》をつかむ。動悸《どうき》がさらに速まり、全身が爆発しそうに熱くなる。遅い、と自覚したが、一瞬早くバナージの思考を読んだ《ユニコーンガンダム》は、操作を待たずに頭部のバルカン砲を斉射していた。五発に一発の割合で仕込まれた曳光弾《えいこうだん》が光の尾を引き、可視レーザーに似た火線を敵機に殺到させる。機体を横ロールさせ、赤い敵機が回避運動に入る。その姿勢制御バーニアの光から次の移動軌道を読み、《ガンダム》のバルカンが先回りの火線を閃かせる。射撃の振動音がコクピットを揺さぶる中、(ほう……!)と弾《はじ》けた無線の声をバナージは聞いた。畏怖《いふ》と喜悦が入り混じった敵の声にひやりとなり、本気にさせたらしいと思った途端、不意に身を翻した敵機が手近なデブリを蹴った。

蹴った勢いで反転し、まっすぐこちらに突っ込んでくる。足もとに回り込まれた、と思った時には、下からすくい上げるビームサーベルの光刃がバナージの視界を占拠した。身動きの取れない体の奥、鋭敏に覚醒《かくせい》している意識が対処を志向し、いち早く反応した《ガンダム》がビームサーベルを抜き放つ。両者の粒子束がぶつかりあい、爆発より鮮烈な光をデブリの海に押し拡げた。

(また敵となるか、《ガンダム》……!)

接触回線が開いたのか？　敵の声が明瞭《めいりょう》に耳朶《じだ》を打ち、バナージは考える間もなく「退がれよ!」と絶叫していた。

「退がってくれないと、オードリーが……！」

　斬り結んだサーベルが反発しあい、残粒子を火花のように散らしながら二機が離れる。即座に体勢を立て直し、照準画面の向こうに赤い敵機を見据えたバナージは、（挟み込む、上昇しろ！）と発した別の声にぎょっとなった。

　咄嗟《とっさ》に垂直方向へ移動するや、斜め後方から走ったビーム光が赤い敵機をかすめる。すんでのところで回避した敵機は、間を置かず放たれた太い光軸に足をすくわれ、その機体を無防備にバナージの眼前にさらした。チャンス、と叫んだ思考がバルカンを解き放ち、二軸の火線が赤い敵機を狙う。

　機体下面のシールドに装備したビームガンを連射しつつ、味方の可変モビルスーツが急接近してくる。戦闘機形態のシルエットが足もとを行き過ぎたかと思うと、一瞬のうちにモビルスーツに変形し、片足をなくした人型が赤い敵機の下方に回り込む。いかにも性急だが、勘所は心得ていると思える機動。「リディ少尉、か？」と口中に呟《つぶや》いたのも一瞬、バナージは味方機の挙動に合わせて《ユニコーンガンダム》を変針させた。二機の張る火線が交差し、長大な光の十字を虚空に刻む。

　互いの意識が繋《つな》がり、赤い敵機のプレッシャーを押し戻している感覚があった。赤い敵機の体勢が崩れ、十字火線の交点が吸いつくようにその機体を追う。火線に巻き込まれたデブリが爆散し、飛び散った破片を敵機が回避しようとした時、赤い装甲に直撃の光が爆《は》ぜるのをバナージは見た。

「やった⁉」

今度は見間違いではない。踵《かかと》のあたりに被弾した敵機がつんのめるように回転し、制動のバーニア光を閃かせると、背部に装備したプロペラント・タンクを棄てて離脱の挙動を見せる。興奮に急《せ》き立てられた心臓が痙攣《けいれん》し、頭に上りきった血が灼熱《しゃくねつ》する感覚にとらわれながら、バナージは背中を見せた敵機の追撃に入った。

赤い燐光の尾を引き、《ユニコーンガンダム》の機体が猪突《ちょとつ》する。敵の長距離ビームをシールドで弾き、大きめのデブリを飛び越えた先に、赤い奴の機影が捉えられる。（よせ、踏み込みすぎるな！）とリディ少尉の声が無線を走ったが、関係なかった。左マニピュレーターに握ったビームサーベルを発振させたバナージは、フットペダルを踏み込めるだけ踏み込んだ。

マニュアル操作に感応波が相乗し、一気に加速した《ガンダム》が赤い敵機に迫る。パイロットスーツの気嚢《きのう》がぎゅっと膨らみ、いまにも爆発しそうな全身を圧迫する。心臓が裂ける、息ができない。点滅する腕の循環モニター、ディスプレイ・ボードに浮かび上がる警告のサイン、間近に捉えた敵機の背中。すべてが赤く染まり、急速に狭まる視野を血の色で満たしてゆく。もはやなぜそうするのかという思考もなく、バナージはほとんどゼロ距離に捕捉した敵機にビームサーベルの照準を重ね合わせた。赤い敵機が唐突に反転し、モノアイをひたとこちらに据えたのは、その時だった。

（甘いな）

敵の声が無線の底から立ち昇り、白熱した神経に冷や水をかける。と、まったく別方向から複数の光軸が走り、《ガンダム》と敵機の間でスパークの火花が拡散した。長距離支援のビームではない、至近距離からの攻撃。反射的にシールドを突き出し、機体を後退させたバナージは、（うしろだ！）と弾けたリディの声に痺《しび》れた指先を震わせた。

背後を振り返ろうとしたバナージの感応波を拾い、《ユニコーンガンダム》の頭部ユニットが素早く転回する。四枚のバインダーを羽根のように広げた異形のモビルスーツが正面に定位し、バナージは頭が真っ白になるのを感じた。

〈インダストリアル7〉を襲った四枚羽根――どこから来た？　赤い敵機に吸い寄せられていた意識が一気に肉体に戻り、操縦桿を握り直した時には遅かった。四枚羽根のずんぐりとした巨体がオールビューモニターを埋め尽くすと同時に、そのバインダーから隠し腕が展開し、昆虫のそれに似たサブ・アームが《ガンダム》の機体をくわえ込んだ。

左腕と右肩、頭部ユニットをわしづかみにされ、警告灯が点滅するコクピットに衝撃が走る。一基のバインダーは破損したまま、隠し腕ごと先端部が溶けちぎれている。やはりあの四枚羽根だと確認した直後、四枚羽根の右マニピュレーターが拳《こぶし》の形に握りしめられ、《ガンダム》の腹部を殴りつけていた。

人が繰り出すような、鮮やかで重いボディブローだった。装甲一枚を挟んだ向こうで数十トン分の衝撃が爆発し、モニターが激しく明滅する。三本の隠し腕に押さえ込まれていては、うしろに吹き飛ぶこともできない。受け流しようのない衝撃が機体を揺さぶり、激突のエネルギーをコクピットに叩《たた》きつけるや、機体を構成するもっとも脆《もろ》い部品——バナージの肉体が最初にショートした。

鋼鉄がぶつかりあう大音響が炸裂《さくれつ》し、ぶわんと膨脹した空気が全身にのしかかる。リニア・シートが支柱ごと軋《きし》み、早鐘を打つ心臓がぴたりと静かになったかと思うと、白い火花が目前で散った。口から飛び出た吐瀉物《としゃぶつ》がバイザーを汚し、四枚羽根のモノアイが滲《にじ》むのを見たのを最後に、バナージの視界から光が失われていった。

限界まで張り詰めていた肉体と精神がくずおれ、マシーンに通っていた神経が、《ガンダム》の姿を支えていた〝熱〟が冷たい闇に呑《の》み込まれてゆく。ごめん、オードリー。《ユニコーン》に戻りつつある巨人の腹の奥、ぼろ切れのようになった肉体が声にならない声を紡ぎ出し、最後の〝熱〟が雫《しずく》になって目から噴きこぼれた。直上に定位した赤い敵機を睨《にら》むこともできず、バナージは意識を失った。

※

遠目にも観測できた燐光《りんこう》が急速に勢いをなくし、《ガンダム》が一本角のモビルスーツに戻ってゆく。三本のサブ・アームでその機体をくわえ込んだまま、スラスター光を閃《ひらめ》かせ始めた四枚羽根をモニター内に捉《とら》えたリディは、考える間もなくフットペダルを踏んでいた。

「待てよ……！」

ビームランチャーはチャージ済み――だが、四枚羽根が《ガンダム》を抱え込んでいる以上、狙撃はできない。可能な限り接近して、シールド装備のビームガンで足を止めるしかないが、四枚羽根がやらせてくれるか？　思った途端、複数の光軸が《リゼル》の面前で錯綜《さくそう》し、リディは咄嗟に後退をかけた。長距離支援のビームランチャーではない、もっと細い光軸。至近距離からの攻撃にもかかわらず、センサーは接近警報すら鳴らさない。

「ファンネルか……！」

四方から押し寄せるビーム光がオールビューモニターを飛び交い、錯綜する反射光がコクピット内を照らす。がたつく機体を操り、四枚羽根が差し向けたサイコミュ・デバイスの包囲陣から抜け出したリディは、手も足も出せない悔しさに唇を噛《か》んだ。

すべては最初から仕組まれていた。あの赤い奴――《シナンジュ》が囮役《おとりやく》を演じ、おびき出した《ガンダム》を四枚羽根が拘束する。こちらが《シナンジュ》に気を取られている隙《すき》に、四枚羽根はデブリに張りついて戦場に侵入していたのだろう。赤い奴が被弾してみせたのも、作戦の内だったのに違いない。

《ガンダム》が出撃する不確定要素に賭《か》けて？　多分、違う。ネオ・ジオンの連中にとって、《ガンダム》の出撃は織り込み済みの事柄だった。《ネェル・アーガマ》の現有戦力だけでは、攻撃に抗しきれない。先の戦闘で、こちらの非力ぶりは十分に知悉《ちしつ》していたはずなのだから。

「クソ……！」

なめやがって。ファンネルの包囲から抜け出すや否や、リディは機体にトランスフォームを促した。片足をなくした状態でも、ウェイブライダー形態なら敵機に追いつける。奴らに《ガンダム》を、『ラプラスの箱』に関係しているらしいモビルスーツを渡すわけにはいかない。そこから先の思考はなく、機体のコンディション表示が変動するのを待ったが、いつまで経ってもトランスフォームが実行されることはなかった。代わりに機能不全のアラートが鳴り、損傷箇所を示す複数のウインドがオールビューモニターを埋めて、点滅する赤い警告灯がコクピットを満たした。

予備回路は作動せず、ダメージ・コントロール・システムでも復旧しきれない。思いつく限りの操作を試み、スクラップと化した自機の状態を確かめたリディは、「クソッタレ！」と呻《うめ》いてディスプレイ・ボードを殴りつけた。敵機に拘束された《ガンダム》の輝点が、みるみるセンサー圏外に遠ざかってゆく。その中に在るパイロットとともに——。

「あの小僧だった……。あいつ、どうして……」

ボードに押しつけた拳を握りしめ、呟《つぶや》く。答はわかっていた。無線を走った、オードリーが……という声。あいつは、あのバナージとかいう民間人の少年は、彼女を救うために《ガンダム》に乗った。場当たり的に人質を取り、自縄自縛に陥った大人たちをよそに、彼だけが行動を起こしたのだ。彼女がミネバ・ザビであろうとなかろうと、気に留めもせずに。

そして、自分もまた助けられた。多くの仲間が散った宇宙に、自分だけが取り残されてしまった。石にかじりついてでも生き延びて……おれは、なにをすればいい？　どうしたら、あなたたちの死に報いられるのだ？　滞留するデブリを見渡し、いまや痕跡《こんせき》も残っていないノーム機に呼びかけたリディは、なんの答も見出《みいだ》せずに立ち竦《すく》んだ。敵機はすでにセンサー圏内になく、爆光の消えた虚空がしんしんと冷えてゆくのが感じられた。

※

機能不全を起こしたのだろう。片足をなくした敵の可変機は、追撃をあきらめたようだった。墜《お》とすまでもない、か。ちらと後方を振り返り、そう判じたマリーダは、展開中のファンネルに帰投を促した。目を閉じ、踵《きびす》を返した自動砲台たちの軌道をイメージしてから、サブ・アームにつかんだ白いモビルスーツに視線を戻す。《ガンダム》の形を失い、一角に閉じたアンテナを額に聳《そび》えさせるモビルスーツ。退くということを知らず、前へ前へと直線的に攻めてくる愚直さからして、パイロットは前回の対戦時と同一人物と断定できる。追い詰められた敵艦が《ガンダム》を出してくるのは予測の範疇《はんちゅう》にしても、素人同然と思えるパイロットに二度も使わせたのはどういうわけか。『ラプラスの箱』に繋《つな》がる貴重な機体であるにもかかわらず――。

コクピットに軽い振動が伝わり、マリーダは物思いを閉じた。並進する《シナンジュ》の赤い機体が、《クシャトリヤ》の爪先に左マニピュレーターを触れさせていた。（やられてみせなければ、このタイミングはつかめなかった……と言いたいところだが、違うな）と、涼やかな接触回線の声がマリーダの耳朶《じだ》を打つ。

（中尉がいてくれなかったら、やられていたかもしれん。感謝する。マリーダ・クルス中尉）

軽い自嘲《じちょう》を含みながらも、フル・フロンタルの声音は真摯《しんし》に響いた。マリーダが知る限り、彼の《シナンジュ》が過去に直撃を受けた事例はない。臑《すね》の辺を焦げ跡で汚した赤い機体を見遣《みや》り、航行に支障はないと判断したマリーダは、「大佐の作戦に従ったまでです」と無表情に応じた。「それより……」と続けると、（わかっている）と先回りをする声がヘルメットに流れ込んできた。

（ミネバ様が敵艦に捕らわれているとは予想外だった。救出は急ぎたいが、いまはこの機体の確保が先決だ）

「敵の残存戦力はたかが知れています。許可していただけるなら、自分ひとりでも奪還してまいりますが？」

（無理だ。『箱』が奪われたとなれば、付近の敵艦隊に動員がかかる可能性はある。〈パラオ〉に帰着する前に、敵に包囲されるのはおもしろくない）

「しかし……！」

（政治的な手段も含めて、救出のチャンスはいくらでもある。ここで無理をして、中尉と《クシャトリヤ》まで失うわけにはいかない。堪《こら》えるんだ）

自らにも言い聞かせる重さを忍ばせ、フロンタルは言った。あの場で〝彼女〟を見捨てる言動を取ったのは、戦略としては正しい。が、本当に全部が演技だったのか？　どだい、行動のすべてが演技と思える得体の知れなさが、この仮面の男にはある。「……は」と応じつつ、マリーダは《シナンジュ》のモノアイに探る目を向けた。と、（大佐、ご無事で！）と別の声が無線を駆け抜け、一機の《ギラ・ズール》が進路上に割り込んできた。

背部に負ったブースト・ポッドを閃かせ、横ロールをかけた紫の機体が《シナンジュ》の後方につく。噴射圧をまともに浴びた《クシャトリヤ》の機体ががたつき、マリーダは舌打ちした。こちらのことなど眼中にない、いかにもアンジェロ機らしい挙動。《シナンジュ》の周囲をぐるりと廻《まわ》り、まずは機体の安全を確認した親衛隊長の忠義ぶりに、（ああ。セルジ少尉は、惜しいことをした）とフロンタルが鷹揚《おうよう》な声を返す。（申しわけありません。自分がついていながら……）食い縛った歯の奥から搾り出すような声音に続いて、ぎろりと動いたアンジェロ機のモノアイがこちらを見る。（これが、例の《ガンダム》……）と発した声の薄暗さに、マリーダはひそかに肌を粟立《あわだ》たせた。（マリーダ中尉の報告から予想された通り、かなり過激な機体のようだ。パイロットが潰《つぶ》されていなければいいがな）

フロンタルが言う。パイロットの生命維持を二の次にした超常的な機動が、長時間継続できる道理はない。稼働時間に限界はあるという読みは正しく、こうして捕獲することもできたが、パイロットが生存しているものかどうか。コクピットを開いてみるまではわからず、陰湿な視線を寄越《よこ》すアンジェロ機にも辟易《へきえき》したマリーダは、背後に広がる虚空に目のやり場を求めた。

敵艦はすでに無数のデブリに紛れ、正確な位置を把握することはできない。プレッシャーも感じない……ということは、この《ガンダム》のパイロットが〝気〟を放っていたのか？　考えかけ、しょせんは造り物の感じたことだと断じたマリーダは、《ガランシェール》がいるはずの宙域に視線を戻した。

なんにせよ、あの敵艦にミネバ様がいることは間違いない。ジンネマンが身命を賭《と》して守ってきたジオン再興の象徴、なんとしてでも取り戻さなくては――。

※

「反応、消失。目標、レーダー圏外に離脱しました」

センサー長の報告は沈痛に響いた。「了解した」と応じたオットー艦長の声も重く、ミネバは操舵席《そうだ》の背もたれに置いた手のひらを握りしめた。

艦載機は壊滅。艦も甚大な被害を受け、《ユニコーン》は敵の手に落ちた。惨敗という以外にない状況だが、いま《ネェル・アーガマ》のブリッジを支配している空気は、単に敗北を惜しむものではなかった。なにもできなかった、という悔恨。戦って負けたのではなく、自分たちはなにもしなかったのではないかという思いが、全員の肩にのしかかっている。その自覚が口を重くし、互いに顔を背けあうような空気を作り出して、ブリッジ全体を包み込んでいるのだった。

そう、なにもできなかった。自分を含めて、ここにいる者たちはなにもしなかった。戦いはした――生きるために、それぞれに負った責任を果たすために。でも、得られたものはなにもない。立場に縛られ、虚勢を張り、益のない小細工を弄《ろう》すのに終始して、本当に必要な行動はなにひとつ起こさなかった。そして結局、全員が等しく大切ななにかを失ってしまった。

「了解している場合じゃない！　艦長、すぐに追跡に入ってくれ。《ユニコーン》が、『箱』がネオ・ジオンに……！」

誰もが押し黙る中、アルベルトだけが窓外の宇宙を指さしてわめき散らす。彼も彼なりに行動し、結果的にもっとも重要なものを失った。ミネバがその顔を振り返るより先に、「モビルスーツの一機もないのに、できるわけないだろう」とオットーの低い声がブリッジに響き渡っていた。

「あんたが余計なことをしたお陰で、敵に《ガンダム》を奪われる羽目になったんだ。もう黙っててくれ」

「なにを言う。ああしなければ、この艦は赤い彗星《すいせい》に沈められていたかもしれんのだ。ダグザ隊長が人質を使ったのと同じだ。艦長だって黙認したではないか」

石のように動かないダグザの傍らで、大柄な副官がむっとした目をアルベルトに向ける。オットーは前方を見据えたまま、艦長席の肘《ひじ》かけを握りしめるばかりだったが、やり場のない忿懣《ふんまん》を湛《たた》えた目はダグザと変わりがなかった。アルベルトはその脇に近づき、「こうなったからには、一刻も早く参謀本部の指示を仰ぐ必要がある」と司令じみた口調で続けた。

「早くレーザー通信可能域に出て――」

「黙っていろと言ったんだ」

　言うが早いか、オットーの手がアルベルトのヘルメットにのびていた。バイザー口をつかんで引き寄せ、互いのヘルメットがぶつかりあうまで顔を近づける。「それ以上、ひと言でも喋《しゃべ》ってみろ」と重ねられた声に殺気がこもり、吊《つ》り上げられたアルベルトの体がびくりと震えた。

「あんたを宇宙に放り出すぞ。手下どもと一緒にな」

　本気の声を押しかぶせてから、ぐいと突き放す。アルベルトの体は無重力を漂い、背後に立つレイアム副長に受け止められた。レイアムは軽々とアルベルトを持ち上げ、彼の靴底を床に着かせて垂直に立たせる。文句の口を開きかけて、自分より上背のある大女に射《い》竦《すく》められたアルベルトは、怯《おび》えた目をうろうろとブリッジ内に泳がせた。異論はない、と言っているクルーたちの視線がそれに応じ、靴底のマグネットに縫いつけられたアルベルトの体が揺れたように見えた。

「当てが外れたな」

　ダグザがぼそりと呟《つぶや》く。握った拳《こぶし》を微《かす》かに震わせただけで、アルベルトはなにも言わなかった。その傍らをすり抜け、こちらに近づいてきたダグザは、押し殺した無表情をミネバの背後に立たせた。

「ご無礼を」

静かに言い、肩に手をのばす。その指先がケープに触れるより早く、ミネバは踵《きびす》を返していた。

のばした手のひらを宙に泳がせたきり、ダグザはその場から動こうとしなかった。ミネバは床を蹴《け》り、ブリッジの出口へと体を流した。大柄な副官があとに続き、ダグザに代わって連行役を務める気配が感じられたが、目を合わせるつもりはなかった。いまは誰の顔も見たくないし、誰にも触れられたくない。ひっきりなしに通信が入りながらも、静まり返っていると思えるブリッジをあとにしたミネバは、最後にもう一度、窓外に広がる宇宙を見遣《みや》った。

忸怩《じくじ》たる顔つきの面々が居並ぶ先に、静謐《せいひつ》な光を湛える星の海がある。これで『箱』の鍵《かぎ》はフロンタルが手にすることになった。すべてが無駄足になったという意味では、自分が失ったものもまた大きいが、それだけだろうか？　ぽっかりと胸に空いた穴、気を張っていなければうずくまってしまいそうな喪失感と向き合い、ミネバは内心に呟いてみる。昨日までは顔も知らなかった何者か、自分をオードリーと呼ぶ小犬のようにまっすぐな目が脳裏をよぎり、手首にぴったりと張りつく手のひらの感触がよみがえってくる。義務からでも忠誠心からでもなく、自分という人間に差し出された熱い手のひら……。

バナージ。脈絡なく胸中に呼びかけてから、ふっと息をつく。失ったのではなく、背負わされたのかもしれない。漫然と思いつきながら、ミネバは副官の誘導を待たずにエレベーターに乗り込んだ。捕虜収監室がどこであれ、このエレベーターに乗った先であることはわかっている。ザビ家の名を継ぐ者として、腕ずくで引っ立てられる無様を衆目にさらすわけにはいかなかった。

※

その頃、《ユニコーン》のコクピットでは、ちょっとした異変が起こっていた。オールビューモニターやディスプレイ・ボードで点滅していた警告灯が一斉に消え、〈La+〉の表示がぼうっと浮かび上がる。直後にモニターの電源が落ち、コクピットが真の暗闇に包まれると、代わって表示された宇宙空間の画像が仄《ほの》かにリニア・シートを照らし出した。

CG処理を施されていない、肉眼で捉《とら》えるのと同じ画像だった。機体を牽引《けんいん》する《クシャトリヤ》、並進しているはずの《シナンジュ》や《ギラ・ズール》の姿は、そこにはなかった。漆黒に銀粉をまぶした底なしの空間がどこまでも広がり、虚空の一点に定位した〈La+〉の表示を赤く際立たせる。リニア・シートの背面近くに浮かび上がったそれは、座標データとともにゆっくり明滅をくり返し、次に《ユニコーン》が赴くべき場所を指し示したようだった。

バナージがその光点の存在に気づくことはなかった。アタッチメントが外れ、リニア・シートから少し浮き上がった体は微動だにしない。両の目は閉じられたまま、ヘルメットのバイザーだけが星の光を映している。すぐ背後で瞬く〈Ｌａ＋〉の光点は、バイザーに映り込みすらしなかった。自らの運命を狂わせ、多くの人を狂乱に巻き込んでゆく光点――『ラプラスの箱』の所在を告げる光点をよそに、バナージは昏々《こんこん》と眠り続けた。

《四巻につづく》

本書は、二〇〇七年十二月に小社より刊行された単行本を文庫化したものです。

赤《あか》い彗《すい》星《せい》

機動戦士《きどうせんし》ガンダムUC《ユニコーン》③

福《ふく》井《い》晴《はる》敏《とし》

平成22年 3月25日 初版発行
令和7年 6月25日 5版発行

発行者●山下直久

発行●株式会社KADOKAWA
〒102-8177 東京都千代田区富士見2-13-3
電話 0570-002-301(ナビダイヤル)

角川文庫 16194

印刷所●株式会社KADOKAWA
製本所●株式会社KADOKAWA

表紙画●和田三造

●お問い合わせ
https://www.kadokawa.co.jp/(「お問い合わせ」へお進みください)
※内容によっては、お答えできない場合があります。
※サポートは日本国内のみとさせていただきます。
※Japanese text only

ISBN978-4-04-394348-7 C0193

◆◆◆

角川文庫発刊に際して

角川源義

第二次世界大戦の敗北は、軍事力の敗北であった以上に、私たちの若い文化力の敗退であった。私たちの文化が戦争に対して如何に無力であり、単なるあだ花に過ぎなかったかを、私たちは身を以て体験し痛感した。西洋近代文化の摂取にとって、明治以後八十年の歳月は決して短かすぎたとは言えない。にもかかわらず、近代文化の伝統を確立し、自由な批判と柔軟な良識に富む文化層として自らを形成することに私たちは失敗して来た。そしてこれは、各層への文化の普及滲透を任務とする出版人の責任でもあった。

一九四五年以来、私たちは再び振出しに戻り、第一歩から踏み出すことを余儀なくされた。これは大きな不幸ではあるが、反面、これまでの混沌・未熟・歪曲の中にあった我が国の文化に秩序と確たる基礎を齎らすためには絶好の機会でもある。角川書店は、このような祖国の文化的危機にあたり、微力をも顧みず再建の礎石たるべき抱負と決意とをもって出発したが、ここに創立以来の念願を果すべく角川文庫を発刊する。これまで刊行されたあらゆる全集叢書文庫類の長所と短所とを検討し、古今東西の不朽の典籍を、良心的編集のもとに、廉価に、そして書架にふさわしい美本として、多くのひとびとに提供しようとする。しかし私たちは徒らに百科全書的な知識のジレッタントを作ることを目的とせず、あくまで祖国の文化に秩序と再建への道を示し、この文庫を角川書店の栄ある事業として、今後永久に継続発展せしめ、学芸と教養との殿堂として大成せんことを期したい。多くの読書子の愛情ある忠言と支持とによって、この希望と抱負とを完遂せしめられんことを願う。

一九四九年五月三日

角川文庫ベストセラー

機動戦士ガンダムUC①②
ユニコーンの日(上)(下)
福井晴敏

工業用スペースコロニーに住む平凡な少年バナージ・リンクスは、オードリー・バーンと名乗る謎の少女を助けたことから『ラプラスの箱』を巡る事件に巻き込まれてゆく——新たなるガンダムサーガ始動！

機動戦士ガンダムUC④
パラオ攻略戦
福井晴敏

「赤い彗星シャア」の再来、フロンタルとの対決に敗れ、ネオ・ジオンの拠点〈パラオ〉に連行されるバナージ。そんな中《ユニコーンガンダム》奪還のため、かつてない奇襲作戦が計画されていた——。

機動戦士ガンダムUC⑤
ラプラスの亡霊
福井晴敏

『ラプラスの箱』の謎を解き明かすべく、首相官邸史跡に向かうバナージ。そこにシャアの再来フル・フロンタルの影が迫る——。因縁が収束する宇宙世紀開闢の地でバナージを待ち受ける「亡霊」とは？

機動戦士ガンダムUC⑥
重力の井戸の底で
福井晴敏

『ラプラスの箱』の謎を解くべくラプラス・プログラムが示したのは、地球連邦政府首都・ダカールだった。そこに巨大モビルアーマーが来襲。街が炎上する中、伝説のモビルスーツ《ガンダム》は？

機動戦士ガンダムUC⑦
黒いユニコーン
福井晴敏

ミネバ奪還のため、再び《ガンダム》に乗り込んで宇宙に向かうバナージ。″黒いユニコーン″の登場により、高高度の戦場で対決する2機の《ガンダム》の運命は——？

角川文庫ベストセラー

角川文庫ベストセラー

少年たちは花火を横から見たかった　岩井俊二

幻のエピソードを復刻し、劇場アニメ版にあわせ、書き下ろされたファン待望の小説。やがてこの町から消える少女なずなを巡る少年たちの友情と初恋の物語。花火大会のあの日、彼らに何があったのか。

サイボーグ009　完結編　2012 009 conclusion GOD'S WAR I first　石ノ森章太郎　小野寺丈

未完のまま終わった天才・石ノ森章太郎の『サイボーグ009　天使編』『神々との闘い編』がついに完結！　壮大なスケールで石ノ森章太郎の遺稿を元に小説化したファン待望のシリーズスタート！

サイボーグ009　完結編　2012 009 conclusion GOD'S WAR II second　石ノ森章太郎　小野寺丈

ファン待望のシリーズ第2巻は、サイボーグ戦士達の誕生秘話続編。005から009まで、サイボーグになるまでの秘密が明かされる。彼らはいかにして神々と闘うようになったのか？

サイボーグ009　完結編　2012 009 conclusion GOD'S WAR III third　石ノ森章太郎　小野寺丈

ついに神々との絶望的な闘いに挑むサイボーグ戦士たち。しかし、神々の圧倒的な力の前に次々と仲間が倒れていく。生き残った彼らが最後にとった作戦とは…？　幻の大作、堂々の完結！

サイボーグ009 VSデビルマン　トゥレチェリイズ～裏切り者たち～　原作／石ノ森章太郎　永井豪　著／早川正

もし『サイボーグ009』の島村ジョーと『デビルマン』の不動明が、同じ世界でそれぞれの敵《ブラック・ゴースト》《デーモン》と戦っていたとしたら――。2大ヒーローが奇跡のコラボレーション!!

角川文庫ベストセラー

GODZILLA 怪獣惑星
大倉崇裕 監修／虚淵 玄（ニトロプラス）
ゴジラに支配された地球を、人類は奪還することができるのか⁉ 「福家警部補」シリーズの著者が魂を賭けて挑む、いまだかつてないアニメ映画版ノベライズ。

GODZILLA 星を喰う者
大倉崇裕 監修／虚淵 玄（ニトロプラス）
すべてを失って敗北したかのように思えた人類。最後に残った「それ」は果たして希望なのか⁉ 「福家警部補」シリーズの著者が魂を賭けて挑む、いまだかつてない映画ノベライズ。

GODZILLA 怪獣黙示録
大樹連司 監修／虚淵 玄（ニトロプラス）
ここに集められたのは、怪獣と戦ってきた時代の記録だ。巨大な絶望を前に、人類はいかに立ち向かい、いかに敗北したか——アニメ映画版GODZILLAの前史を読み解く唯一無二の小説版。

GODZILLA プロジェクト・メカゴジラ
大樹連司 監修／虚淵 玄（ニトロプラス）
ゴジラに対して連戦連敗を繰り返す人類は、最終兵器・メカゴジラを開発し最後の戦いに臨む——。壮大なSF黙示録、対ゴジラ戦の記念碑的エピソードを収録した過去編。

小説 秒速5センチメートル
新海 誠
「桜の花びらの落ちるスピードだよ。秒速5センチメートル」。いつも大切な事を教えてくれた明里、彼女を守ろうとした貴樹。恋心の彷徨を描く劇場アニメーション『秒速5センチメートル』を監督自ら小説化。

角川文庫ベストセラー

小説 天気の子　新海　誠新海誠監督のアニメーション映画『天気の子』は、天候の調和が狂っていく時代に、運命に翻弄される少年と少女がみずからの生き方を「選択」する物語。監督みずから執筆した原作小説。

サマーウォーズ　著／岩井恭平　原作／細田　守数学しか取り柄がない高校生の健二は、憧れの先輩・夏希に、婚約者のふりをするバイトを依頼される。一緒に向かった先輩の実家は田舎の大家族で⁉新しい家族の絆を描く熱くてやさしい夏の物語。

おおかみこどもの雨と雪　細田　守ある日、大学生の花は〝おおかみおとこ〟に恋をした。2人は愛しあい、2つの命を授かる。そして彼との悲しい別れ――。1人になった花は2人の子供、雪と雨を田舎で育てることに。細田守初の書下し小説。

バケモノの子　細田　守この世界には人間の世界とは別の世界がある。バケモノの世界だ。1人の少年がバケモノの世界に迷い込み、バケモノ・熊徹の弟子となり九太という名を授けられる。その出会いが想像を超えた冒険の始まりだった。

未来のミライ　細田　守生まれたばかりの妹に両親の愛情を奪われたくんちゃん。ある日庭で出会ったのは、未来からきた妹・ミライちゃんでした。ミライちゃんに導かれ、くんちゃんが辿り着く場所とは。細田守監督による原作小説！

角川文庫ベストセラー

水木しげるコレクションⅠ
鬼太郎の地獄めぐり
水木しげる

日本・妖怪漫画の金字塔「ゲゲゲの鬼太郎」から珍しい作品を選んだ傑作選シリーズ。地底の世界の地獄をテーマにした作品を収録。博物学者荒俣宏氏との師弟愛あふれる「鬼太郎、陰陽五行対談」つき。

水木しげるコレクションⅡ
ねずみ男とゲゲゲの鬼太郎
水木しげる

ねずみ男が結婚!? ところが結婚サギにあいお金をとられてしまった！ 無欲な鬼太郎に対して、お金に貪欲なねずみ男。ねずみ男誕生の秘密がわかる荒俣宏氏との「鬼太郎、陰陽五行対談」つき。

四畳半神話大系
森見登美彦

私は冴えない大学3回生。バラ色のキャンパスライフを想像していたのに、現実はほど遠い。できれば1回生に戻ってやり直したい！ 4つの並行世界で繰り広げられる、おかしくもほろ苦い青春ストーリー。

夜は短し歩けよ乙女
森見登美彦

黒髪の乙女にひそかに想いを寄せる先輩は、京都のいたるところで彼女の姿を追い求めた。二人を待ち受ける珍事件の数々、そして運命の大転回。山本周五郎賞受賞、本屋大賞2位、恋愛ファンタジーの大傑作！

ペンギン・ハイウェイ
森見登美彦

小学4年生のぼくが住む郊外の町に突然ペンギンたちが現れた。この事件に歯科医院のお姉さんが関わっていることを知ったぼくは、その謎を研究することにした。未知と出会うことの驚きに満ちた長編小説。

角川文庫ベストセラー

愚者のエンドロール　米澤穂信

先輩に呼び出され、奉太郎は文化祭に出展する自主制作映画を見せられる。廃屋で起きたショッキングな殺人シーンで途切れたその映像に隠された真意とは!? 大人気青春ミステリ、〈古典部〉シリーズ第2弾！

クドリャフカの順番　米澤穂信

文化祭で奇妙な連続盗難事件が発生。盗まれたものは碁石、タロットカード、水鉄砲。古典部の知名度を上げようと盛り上がる仲間達に後押しされて、奉太郎はこの謎に挑むはめに。〈古典部〉シリーズ第3弾！

遠まわりする雛　米澤穂信

奉太郎は千反田えるの頼みで、祭事「生き雛」へ参加するが、連絡の手違いで祭りの開催が危ぶまれる事態に。その「手違い」が気になる千反田は奉太郎とともに真相を推理する。〈古典部〉シリーズ第4弾！

ふたりの距離の概算　米澤穂信

奉太郎たちの古典部に新入生・大日向が仮入部する。だが彼女は本入部直前、辞めると告げる。入部締切日のマラソン大会で、奉太郎は走りながら心変わりの真相を推理する！〈古典部〉シリーズ第5弾。

いまさら翼といわれても　米澤穂信

奉太郎が省エネ主義になったきっかけ、摩耶花が漫画研究会を辞める決心をした事件、えるが合唱祭前に行方不明になったわけ……〈古典部〉メンバーの過去と未来が垣間見える、瑞々しくもビターな全6編！